FRACKING

FRANÇOIS ROUX

FRACKING

roman

ALBIN MICHEL

Pour Alice et tous ceux de sa génération

Les opérations, qui réquisitionnaient une superficie équivalente à celle d'un terrain de football, s'apparentaient à bien des égards à une scène de guerre, ne serait-ce que par la violence du bruit alentour. Au beau milieu d'un enchevêtrement de compresseurs, de refroidisseurs et de turbines s'alignaient flanc contre flanc une trentaine de camions-pompes, des monstres de dix-huit roues et de près de quatre-vingt-dix tonnes. Des tuyaux en accordéon leur aspiraient les entrailles, jaillissant de partout, s'emberlificotant les uns autour des autres comme des serpents mécaniques, vomissant des millions de litres d'eau qui seraient bientôt mélangés à des tonnes de sable et de produits chimiques avant d'être injectés sous la contrainte d'une pression prodigieuse au travers d'un épais boyau de métal, plusieurs kilomètres sous terre. Au centre de ce vacarme assourdissant, Joe Jenson était aux commandes d'un système informatique de pilotage à distance. De temps à autre il sortait la tête de sa casemate pour hurler des ordres, répercutés par son contremaître sous la forme de grands gestes des bras à ses équipes. Le chef de chantier était tendu, vaguement anxieux. En deux mois, avec sa dizaine d'ouvriers, ils avaient foré, d'abord à la verticale, puis à l'horizontale, un puits d'acier qui, pour des raisons d'étanchéité, avait été enchâssé bien au-delà des zones aquifères dans une succession de gangues de ciment concentriques. Contrairement aux gisements classiques qui présentaient l'aspect de nappes, ici les hydrocarbures étaient emprisonnés en profondeur dans les pores de formations schisteuses, de sorte que le seul moyen pour en extraire le pétrole était de provoquer la fissuration de la roche. En pratique, on procédait à une série d'explosions qui perforaient le tube d'acier sur toute la longueur de sa partie horizontale, le mettant ainsi en contact avec le socle rocheux en de nombreux endroits. Aujourd'hui était venu le jour de la fracturation hydraulique proprement dite, le jour où, sous la très haute pression du fluide injecté, le manteau de rocaille se déchirerait en une infinité de micro-galeries à partir de ces points d'impact ; le pétrole de schiste, enfin libéré, remonterait alors le long du puits de forage pour être récupéré à la surface.

La mission de Joe s'arrêterait là, ce serait ensuite aux équipes d'exploitation de prendre le relais, tandis qu'il serait affecté à la mise en service d'un chantier similaire. C'était loin d'être son premier *fracking* mais, à ce moment précis des opérations, Joe se sentait sur le qui-vive. Il avait conscience des responsabilités et des risques qu'impliquait son métier. Ces dernières semaines l'avaient épuisé. Joe disait souvent en plaisantant – car il était du parti de ceux qui aiment plaisanter : « Il y a deux types de jobs. Ceux où on doit se laver avant d'y aller et puis ceux, comme le nôtre, où on doit se laver après. »

Joe n'était pas réellement taillé pour un boulot aussi éprouvant. Il paraissait au contraire d'une constitution plutôt fragile, mais bien que ce ne fût pas à lui que revenaient les tâches les plus contraignantes, il n'était jamais en reste quand il s'agissait de donner un coup de main à ses équipes.

Quand, après quatorze heures de bataille acharnée, il monta dans sa Jeep Grand Cherokee, Joe avait l'esprit apaisé. Il était satisfait de ce qu'il avait accompli ce jour-là – peut-être aussi dans sa vie en général. Il baissa le visage pour scruter l'horizon à travers le pare-brise. Le soleil était déjà bas et le ciel d'une luminosité éclatante. Demain dès l'aube, il filerait avec sa famille à des centaines de kilomètres de là, vers l'une des réserves nationales du Montana voisin. Joe sourit, cette perspective l'enchantait. Il appuya sur l'icône de l'application météo de son iPhone et constata une fois de plus que le temps dans la région de Great Falls serait exceptionnel, même en cette fin d'avril. Aiguillonné par une énergie nouvelle, Joe posa l'index sur l'écran tactile de son autoradio. « Big Shot » de Billy Joel envahit l'habitacle. Il poussa le volume au maximum et se mit à hurler les paroles en cognant du poing le volant, en rythme avec la musique.

Joe Jenson avait toutes les raisons d'être content de lui. En l'espace de six ans, grâce à l'argent du pétrole, il était devenu ce qu'ici il est convenu d'appeler un homme prospère. Lui, le mauvais élève, « le débile » comme disait son frère aîné, avait finalement déjoué tous les mauvais pronostics qui s'accumulaient sur son compte, professionnellement parlant en tout cas. Voilà au moins quelque chose dont il était en mesure d'être satisfait et dont il aurait pu s'enorgueillir, bien que posséder des richesses matérielles ne fût guère le genre de choses dont on se vantait dans le coin. En un sens, hormis son arrière-arrière-grand-père, il avait fait mieux que tous les autres mâles de la famille, à commencer par son frère Tony qui vivotait à New York et dont le sort, d'après ce que Joe en devinait, ne semblait pas vraiment enviable ni même particulièrement reluisant. Mieux aussi que son propre père qui était pourtant l'un des ouvriers du pétrole les plus compétents et les plus respectés du comté. Ce n'était pas à proprement parler une revanche sur ceux qui l'avaient déprécié et parfois humilié. La fierté que Joe tirait de sa situation ne regardait que lui et n'éclaboussait personne.

Joe parcourut plus de vingt kilomètres sans quasiment croiser un être humain puis, bifurquant vers l'ouest, il aborda une piste rectiligne où les pneumatiques de son SUV s'enfoncèrent jusqu'à la taille d'un poing dans un mélange de gros graviers et de poussière. En contrebas d'une légère dénivellation, sa maison lui apparut à l'horizon, emprisonnée dans une alternance de zébrures orange et mauves. Avec la distance, perdue dans l'immensité de la nature environnante, elle paraissait fragile, d'une grâce presque émouvante. « Le doigt de Dieu s'est un jour posé sur cet endroit », répétait sa mère qui n'avait jamais eu peur de ce genre de banalités bigotes et les énonçait avec une solennité exagérée, en baissant le regard vers le sol. Il est vrai que la maison en larges lattes de bois rouge sang paraissait littéralement s'embraser dans les ultimes lueurs du soleil.

La voiture de Joe se rapprocha, la maison reprit ses proportions naturelles. C'était une grande et belle bâtisse, qui réussissait le prodige d'être à la fois spacieuse et modeste, au fond pas tellement différente de celle que son trisaïeul Anders Jenson s'était fait construire à quelques kilomètres de là, plus de cent ans auparavant, en hommage aux architectures de son village natal de Kristiansand en Norvège.

Tout autour c'étaient des plaines et des mamelons herbeux à perte de vue. Pas la moindre construction, pas la moindre clôture pour rendre compte d'une quelconque activité humaine : un paysage de premier jour. À la naissance de l'humanité il n'y avait rien d'autre que ce que l'on voit là, dans cent ans il n'y aura rien d'autre de plus, se disait Joe quand – en général à la faveur de quelques bières – il se sentait l'âme un brin mélancolique. Il existait entre lui et ces espaces faméliques une connivence quasi charnelle. C'était son terrain d'enfance, il s'y était cogné avec son frère, la terre jaune et sèche avait déchiré leurs genoux et égratigné leurs joues. Plus tard, c'est avec Daisy Cartwright – la première d'une longue série de petites amies – qu'il y avait batifolé, nu des hanches jusqu'aux chevilles, les fesses endolories par les éclats de schiste qui s'étendait sur des hectares entiers. Et maintenant c'est avec ses deux enfants qu'il y folâtrait, avec l'impression que la même histoire n'en finissait pas de se répéter.

Joe se rapprocha de la maison et longea la barrière à clairevoie qui délimitait l'espace d'avec ses pâturages. Deux chevaux Nokotas s'approchèrent et se chamaillèrent de la tête, leurs museaux se cognèrent farouchement, l'un et l'autre voulant jalousement renifler en premier la main que Joe leur tendait. Les deux bêtes avaient gardé de leurs ancêtres libres des Badlands, dans le sud-ouest du pays, une fierté sauvage qu'il arrivait souvent à Joe de vouloir domestiquer, c'étaient alors des kilomètres au galop, à travers des steppes inhabitées, parfois jusqu'au parc national Theodore Roosevelt, distant d'une soixantaine de kilomètres.

Quand Joe entra, la porte à battant continua d'osciller sur ses gonds dans des grincements aigus, longtemps après qu'il eut franchi le seuil. Il s'avança dans le couloir qui desservait les pièces du rez-de-chaussée. Mis à part les borborygmes étouffés d'un dessin animé, il ne perçut aucun bruit. Cela l'inquiéta, il accéléra le pas pour se précipiter dans le salon. Ses deux enfants étaient blottis l'un contre l'autre, leurs visages immobiles tendus vers l'écran. Abigail avait beaucoup pleuré, cela se voyait. Son grand frère Noah la tenait contre lui dans un geste protecteur, empli d'une attention de parent anxieux qui jurait avec le visage encore poupin de cet enfant de sept ans. Joe se précipita, s'agenouilla devant eux, les serra contre lui puis, relevant la tête, il jeta un coup d'œil interrogateur à son fils. Noah leva les yeux vers le plafond, péniblement, non en signe d'exaspération mais pour indiquer l'étage. Joe comprit et se leva doucement.

– Je reviens, dit-il en caressant des deux mains les joues de ses enfants.

Il emprunta la volée de marches qui menait au premier. Son visage était sombre, tellement différent de celui qu'il arborait il y a seulement un quart d'heure, et ses gestes résignés : il savait déjà ce qu'il allait découvrir. Il se dirigea vers une porte au bout du couloir et l'ouvrit avec la délicatesse et la légère prudence que l'on a en pénétrant dans une chambre d'enfant endormi.

Sandy était allongée en travers du lit, dans le sens de la largeur, comme si, insensible à la géométrie du meuble, elle s'y était affaissée d'un coup, sans réfléchir. Sa tête dépassait du matelas et pendait très légèrement dans le vide. Ses yeux étaient clos mais on n'aurait pas pu jurer qu'elle était endormie. D'ailleurs, dès que Joe entra, elle ouvrit les paupières, mécaniquement. Percevant sa présence, elle se releva d'un coup et prit un air affolé.

– Oh mon Dieu ! dit-elle en se mordant la lèvre inférieure.

Elle répéta plusieurs fois cet appel au Tout-Puissant, sur tous les tons, du plus horrifié au plus honteux, au fur et à mesure que l'évidence de la situation l'envahissait.

Joe s'approcha. Avant même qu'il fût assis, Sandy éclata en sanglots.

– Joe... je me suis encore... J'ai... Je suis sincèrement désolée... Où sont les enfants ?

– Ne t'inquiète pas, lui murmura-t-il, en la serrant gentiment contre lui.

Elle ouvrit grand les yeux, comme si quelque chose de capital lui revenait en mémoire :

– Les valises !

Elle s'échappa de ses bras et se leva d'un bond. Lui tournant le dos, elle se mit à sécher ses larmes en se frottant sans discontinuer les yeux, les joues, le nez, dans des gestes brefs et désordonnés.

– Tout va être prêt à temps, je t'assure, dit-elle en s'avançant vers la porte.

– Sandy, implora Joe, ce n'est pas si urgent, tu sais.

Elle persistait à lui cacher son visage.

– Bien sûr que c'est urgent, répondit-elle en se tapotant les joues afin de leur rendre un peu de vie.

Joe se leva à son tour et tendit un bras vers elle.

– Je vais m'en occuper de ces foutues valises ! dit finalement Sandy, un peu plus joyeusement que nécessaire, en se retournant un quart de seconde vers son mari.

Joe laissa mollement retomber sa main. Il l'observa sortir mais n'eut pas le courage de la suivre.

Le froid était revenu d'un coup, prenant tout le monde au dépourvu, les fermiers de la région au premier chef. Aujourd'hui la température frisait le zéro. Karen et Peter Wilson marchaient à travers leurs pâturages, côte à côte, bottes aux pieds, emmitouflés dans des vêtements d'hiver qu'ils avaient dû ressortir après les avoir remisés au début du mois de mai dans l'enthousiasme de l'arrivée des beaux jours. Karen faisait la tête, comme si le destin lui avait personnellement joué un sale tour. Elle le savait pourtant, l'hiver pouvait jouer à cache-cache bien après l'annonce officielle du printemps, donner l'impression de s'en aller puis décider de revenir et s'attarder encore un peu, pour bien faire comprendre qu'ici, le maître c'était lui.

– Saleté de temps ! laissa échapper Karen avant d'enfoncer profondément son nez dans l'écharpe de laine qu'elle avait mis tout l'hiver à se confectionner.

Peter sourit intérieurement. Il savait qu'il valait mieux

ne rien répondre. Depuis le temps qu'ils vivaient sur cette terre, il s'était non pas accoutumé, mais disons plié aux vicissitudes de ce climat continental, à ces hivers de gel et de neige, à ces étés le plus souvent torrides et humides, à ces écarts de température de parfois soixante degrés entre janvier et août. Sa femme, elle, ne s'était jamais habituée ni soumise à quoi que ce fût, elle persistait à maudire le froid comme le chaud, le blizzard qui pouvait durer des jours entiers tout autant que les sécheresses qui pouvaient s'étaler sur plusieurs années.

Malgré tout, ce que Karen exécrait le plus maintenant, c'était ce foutu pétrole, ces pompes à balancier qui, inlassablement, bousillaient les entrailles de la terre depuis dix ans, depuis que la région était devenue ce que les journaux avaient appelé « Le nouvel eldorado de l'or noir ». Dispersés jusqu'à deux kilomètres à la ronde, certains à moins de deux cents mètres de leur habitation, il y avait très exactement vingt-trois puits dans leur voisinage immédiat, parfois regroupés par lots sur la même zone de forage. De près, le bruit était intolérable, et avec la distance il devenait obsédant. Karen le comparait souvent à une démangeaison qui, sans vous empêcher de dormir, vous rappelle sans cesse à sa présence exténuante.

Elle regarda son mari et puisa dans son visage serein un peu de l'énergie qui lui manquait pour avancer. Peter se faisait à tout, y compris aux sautes d'humeur de son épouse, c'était sa nature. Parfois elle lui enviait son optimisme, son détachement vis-à-vis de la marche bancale du monde. D'autres fois c'était l'inverse, ses qualités devenaient ses pires défauts, sa placidité de l'indolence, son indifférence de l'irresponsabilité.

Leur troupeau, des bêtes à viande Black Angus, ne semblait pas dérangé par les avatars de la météo et paissait paresseusement sur les quelque mille hectares de leurs prairies. Karen s'approcha et tapota avec tendresse le flanc d'une génisse qui mettrait bas à la fin de l'été. Ses vaches – et bien sûr l'amour de Peter –, c'était tout ce qui la faisait tenir. Bien qu'elle les élevât pour qu'elles finissent à l'abattoir, tout le temps qu'elles grandissaient à ses côtés, c'étaient des attentions de mère aimante qu'elle leur prodiguait. Chaque animal avait un nom, y compris les veaux de l'année qui seraient vendus sitôt sevrés. C'était un jeu qui amusait beaucoup Karen et Peter, de baptiser leurs bestiaux, et cela constituait même l'une de leurs occupations favorites. Celle-là par exemple, c'était MosCow. Et puis, il y avait Moodonna, Big Mac, Happy. Plus d'une centaine de noms cocasses et jamais un oubli ou une erreur. Tous avaient une place dans la mémoire et le cœur des deux fermiers.

Karen et Peter Wilson n'étaient pas destinés à élever du bétail, encore moins à vivre dans un environnement aussi âpre et peu fleuri. Eux se seraient bien vus finir leurs jours dans la douceur de la Californie, à San Francisco par exemple. C'est là qu'ils s'étaient connus, au cours de l'été 1967, le fameux *Summer of Love.* En l'espace de quelques jours, SF, comme les vrais amoureux de la ville aiment la nommer, était devenue un gigantesque foutoir, dans toutes les acceptions du terme. Cent mille personnes avaient convergé vers le quartier de Haight-Ashbury, au centre, pour se frotter à une version populaire de l'expérience hippie. À la radio, The Mamas & the Papas invitaient filles et garçons à s'accrocher des fleurs dans leurs longs cheveux et à en distribuer tout autour d'eux. On baisait comme des cochons – en général sous l'effet de puissants psychotropes distribués gratuitement pour l'occasion –, en partageant les théories psychédéliques de Ram Dass et en gueulant du Allen Ginsberg.

Quand Peter rencontra Karen, elle était fortement engagée dans une relation triangulaire avec un garçon et une fille, tous deux âgés d'au moins six ou sept ans de plus qu'elle. Karen était encore mineure, elle vivait à Brooklyn, mais trois semaines auparavant, dans l'espoir de vivre une aventure individuelle à la mesure du bouche-à-oreille halluciné qui circulait dans tout le pays sur ce mouvement libertaire et spontané, elle avait fui la maison de ses parents et parcouru en stop les quelque quatre mille six cents kilomètres qui séparaient Williamsburg de Monterey.

Peter tomba immédiatement amoureux d'elle. Quant à Karen, Peter faisait certes partie de ses amants réguliers – elle avait même un faible pour lui –, mais pour rien au monde elle n'aurait renoncé à la volupté de cette polygamie nouvellement gagnée. Peter, lui, n'était pas spécialement porté sur l'amour libre. Il était même un peu jaloux et assez peu partageur en la matière, un sentiment fort répréhensible à cette époque et en ces lieux. Il s'y fit malgré tout, il paraissait déjà d'une limpidité de cristal qu'il aurait cédé sur n'importe quoi dans le seul but de plaire à Karen.

Ils vécurent quatre mois formidables puis tout le monde se dispersa, pour étudier ou travailler, y compris les amants de Karen, ce qui laissa un champ inespéré aux ambitions amoureuses de Peter. À partir de ce moment, ils devinrent inséparables. Ni l'un ni l'autre ne trouva le courage et le désir de revenir là d'où ils étaient partis et où, pour des raisons diverses, ils avaient certainement été très malheureux. Ils n'avaient pas non plus envie d'évacuer les lieux, ils souhaitaient au contraire prolonger cette existence contestataire, se protéger le plus longtemps possible des effets néfastes de l'*American Way of life*, de son état d'esprit inégalitaire et raciste, de son conformisme, de ses diktats moraux, de sa folie consumériste et guerrière. En conséquence de quoi ils voulurent voir le monde et voyagèrent beaucoup, suivant un itinéraire qui allait devenir un classique pour des milliers de ces *Flower Children* comme ils désiraient maintenant qu'on les surnomme. Londres, Amsterdam, Istanbul, Goa, Katmandou, Lhassa. Ils parcoururent des milliers de kilomètres sans jamais aspirer – ou tout simplement parvenir – à se poser quelque part.

Un jour, après avoir expérimenté toutes sortes de façons plus ou moins licites de mener une existence en accord avec leurs principes – et connu un échec retentissant avec la totalité d'entre elles –, ils se retrouvèrent héritiers du ranch et des terres des parents de Peter. Eux qui n'avaient pour ainsi dire jamais rien fait de leurs dix doigts, qui n'avaient jamais suivi que leurs instincts, furent d'une certaine façon satisfaits que la destinée se charge de leur avenir et leur indique une voie à suivre, fût-ce sur ces terres réputées impraticables du Midwest. Et puis, quand même, c'était la Nature, l'immersion totale dans Mère Nature. N'était-ce pas, au fond, la logique de leur démarche, ce vers quoi ils étaient spontanément portés après toutes ces années d'errance et de renoncement ? Conscients du changement radical de mode de vie que cette aventure allait malgré tout impliquer, ils mirent un certain temps à quitter les faubourgs de Berkeley où ils vivotaient pour se rendre dans cette région inhospitalière, y élever du bétail et commencer à gagner leur vie. L'un et l'autre avaient dépassé la trentaine et, sur les bras, un premier enfant, Matt, à l'époque âgé d'à peine un an.

Un vrombissement lointain sortit Karen de la torpeur dans laquelle le froid la tenait engourdie.

– Regarde-moi ça, dit-elle soudain.

Peter leva les yeux et découvrit au loin, émergeant d'un nuage de poussière orange, un camion de plusieurs dizaines de tonnes qui s'éloignait en trombe en direction de la route nationale.

– Il devrait rouler encore plus vite, ce crétin, grommela spontanément Peter.

Karen regarda son mari avec affection. C'était exactement le genre de choses qu'elle avait envie d'entendre de sa part à cet instant.

– Il doit bien faire du soixante-dix, dit-elle.

– Hum, même du quatre-vingts.

– Oh, tu crois ?

Peter acquiesça sans détourner le regard. Karen fixa le camion en secouant la tête, puis au bout de quelques secondes d'une observation agacée :

– Pauvre andouille, murmura-t-elle.

Ils reprirent leur marche à travers la lande. Bientôt, en contrebas d'un promontoire terreux, à quelque deux cents mètres de là, ils aperçurent une jeune génisse couchée sur le flanc, en plein milieu d'une piste étroite et rocailleuse. Le visage de Karen se décomposa. Elle se rua sur l'animal dont il était clair, même à cette distance, qu'il respirait avec la plus grande difficulté. Karen s'agenouilla violemment dans la poussière et les cailloux, ses jambes heurtèrent le sol gelé dans un claquement sec et brutal. Elle s'en fichait, à cet instant seul comptait le calvaire que sa vache était en train de vivre. Tandis que la bête haletait péniblement, les mains de Karen s'affolaient, hésitant entre l'ausculter et éviter de la toucher afin de lui épargner une souffrance inutile. Soudain la génisse poussa un cri rauque. Karen, horrifiée, porta la main à sa gorge : elle suffoquait, comme si on l'avait forcée à ingurgiter une poignée de graviers. Des larmes coulèrent le long de ses pommettes saillantes, y dessinant une petite rivière, et aussitôt sa colère monta.

– Putain de salaud ! hurla-t-elle en fixant le petit bout de montagne pelé derrière lequel le camion venait de disparaître.

Elle répéta l'insulte plusieurs fois, de plus en plus fort, jusqu'à ce qu'elle devienne un cri morbide qui lui déchirait l'intérieur. Peter, figé à quelques pas derrière elle, la regardait, impuissant.

Lisa avait quitté les faubourgs de Chicago vers midi. Il était à présent onze heures du soir, l'autocar dans lequel elle avait embarqué au coin de Harrison Street roulait sur l'Interstate 94, quelque part entre Minneapolis et Fargo, s'arrêtant toutes les heures ou presque pour charrier des dizaines d'inconnus dont les silhouettes fantomatiques resteraient à jamais enfouies dans la partie la plus obscure de sa mémoire. La jeune femme, recroquevillée sur son siège, genoux relevés jusqu'au menton, ne souhaitait rien voir, ni des visages des autres passagers ni de la possible poésie des gares routières qui s'égrenaient dans la nuit : Maple Grove, Saint Cloud, Alexandria, Fergus Falls… Elle essayait de dormir mais y parvenait à peine, se tournant sans arrêt sur elle-même, libérant la contracture d'une cuisse ou d'une épaule pour en retrouver une autre, ailleurs, encore plus inconfortable. Elle commençait à regretter de ne pas avoir pris le train, peut-être déplorait-elle tout simplement d'avoir entamé ce voyage. Plus elle se rapprochait du Dakota, plus son ventre se nouait, elle n'était sûre de rien, encore moins de son choix de revenir – même pour quelques mois – à l'endroit où elle avait vécu ses vingt premières années.

Bien qu'elle leur téléphonât chaque quinzaine – c'étaient toujours des échanges courts et factuels où n'entrait que très peu d'affect –, voilà quatre ans qu'elle n'avait pas vu ses parents, enfin sa mère plus exactement, puisque son père avait fait à deux reprises le déplacement de Middletown jusqu'au campus de l'université de l'Illinois à Chicago. La première fois, c'était pour l'aider à aménager sa chambre d'étudiante. La seconde, c'était il y a deux mois, quand il avait insisté pour prendre part à la cérémonie de remise de son diplôme.

Jamais les raisons objectives à l'absence de Karen n'avaient clairement été évoquées.

– Ta mère n'a pas pu venir. Il faut bien que quelqu'un s'occupe des bêtes, tu comprends ?

– Évidemment, papa, je comprends.

Pour des gens aussi honnêtes et aussi peu enclins aux cachotteries que l'étaient ces deux-là, c'était une vraie gageure que de dissimuler autant. Alors, par une sorte de mécanique de compensation, ils s'étaient efforcés de retrouver la connivence joyeuse qui les unissait par le passé, ils avaient tenté de s'amuser ensemble comme ils l'avaient toujours fait, se divertissant des mêmes blagues qui étaient devenues comme des trophées de famille que l'on exposait à la moindre occasion, se distrayant de leurs défauts respectifs avec le même mélange de sarcasme et de bienveillance qu'auparavant. On peut espérer qu'à ces moments-là, le père et la fille étaient parvenus malgré tout à se réjouir sincèrement de leur présence mutuelle, à rendre un peu moins oppressante la masse gluante du malheur qui les amollissait ordinairement, l'un comme l'autre, mais rien n'est moins sûr.

À Valley City, dans le Dakota du Nord, un type de trente ans tout au plus monta dans le bus. Sa tignasse hirsute couronnait un visage délicat quoique aujourd'hui tuméfié à plusieurs endroits – il souffrait notamment d'une vilaine ecchymose à la joue gauche. Son pantalon de toile était déchiré aux genoux mais ce n'était en aucun cas dû à un effet de mode. Pour tout bagage, il portait un sac de plastique H&M enroulé autour de son poignet. Ayant à cette heure-là le bénéfice d'un éventail non négligeable de sièges vides – dont quatre ou cinq banquettes à deux places –, il prit néanmoins la décision de s'asseoir à côté de Lisa, ce choix ayant sûrement à voir avec la brève vision qu'il avait eue des longues jambes de la jeune femme, à cet instant calées très haut contre le siège devant elle. Sitôt assis, il se tourna vers elle.

– Salut ! Je m'appelle Zach, dit-il en l'honorant d'un sourire ridiculement aimable.

Lisa le dévisagea. Bien qu'il ne fût pas du tout son style, elle ne le trouva pas inintéressant. C'était sans doute son visage cabossé qui l'intrigua, alors elle se fit à l'idée de passer en sa compagnie les trois heures de voyage qui lui restaient. Il faut dire qu'elle commençait à s'ennuyer mortellement. Pourtant elle annonça :

– Il y a plein de sièges libres au fond, Zach. Tu n'es pas du tout obligé de te coller à moi, tu sais.

Le jeune homme s'apprêta à opérer un repli avec nonchalance. Ce flegme surprit Lisa. Aussitôt, elle posa sa main sur son avant-bras.

– Je plaisantais.

– OK, tu fais partie de ce genre de filles, fit-il en se rasseyant mollement, un ricanement aux lèvres.

– C'est-à-dire ?

– Tu vois ce que je veux dire, non ? ajouta-t-il sans conviction.

Lisa haussa les sourcils. Il n'était pas certain que Zach lui-même sût exactement ce qu'il entendait par là.

– Tu voyages léger, Zach, dit-elle en jetant un coup d'œil au sac posé sur ses genoux.

– Je me suis fait braquer.

Elle le regarda avec intérêt.

– Et cogner aussi, apparemment ?

De l'index elle effleura la meurtrissure violacée de sa pommette. Il poussa un léger cri de douleur. Elle écarta son doigt d'un geste lent et ne s'excusa pas.

– C'est frais de ce matin, dit-il pour justifier son manque d'endurance à la souffrance.

– Tu vas où ?

– Middletown, tu connais ?

– Qu'est-ce qu'un type comme toi va faire à Middletown ?

Il frotta plusieurs fois son index contre son pouce en ouvrant de grands yeux gourmands.

– *Money, money, money…*

Lisa leva les yeux au ciel.

– On peut se faire des max de thunes d'après ce qu'on raconte, continua Zach.

Lisa continuait de le détailler, un sourire moqueur aux lèvres.

– Même au McDo, on m'a dit qu'ils pouvaient te refiler jusqu'à dix-neuf dollars de l'heure.

– Bien sûr…

– Quoi ?

– Sauf que ça c'était… (elle fit tourbillonner sa main) avant. Tu débarques juste un peu trop tard, Zach.

Le jeune homme sembla tomber de son nuage.

– D'une façon générale, tu ne m'as pas l'air de gérer très efficacement tes intérêts particuliers, dit Lisa en éclatant de rire.

– Mes intérêts particuliers ?

– Oui, ce qui est bon pour toi, pérora Lisa.

La nonchalance de Zach s'évapora d'un coup. Il se sentit presque humilié.

– Ah vraiment ? Voyons ça, dit-il avec animosité.

Contre toute attente, il avança goulûment les lèvres vers celles de la jeune femme. Ce qui aurait pu passer pour un geste franchement déplacé n'effraya pas Lisa. Elle recula la tête et, dans le même temps, leva l'index pour l'enfoncer avec une exaltation rebelle dans la joue endolorie de Zach. Le jeune homme hurla :

– Tu m'as fait mal, putain !

– Je suis née à Middletown, Zach. Je sais exactement de quoi je parle.

Puis elle se détourna, cala sa tête contre la vitre et ferma les yeux. Zach lui lança un regard qui trahissait sa pensée. Encore une cinglée ! se dit-il avec un mélange de morosité et de résignation, avant de se lever et d'aller s'allonger au fond du véhicule.

Il était six heures du matin quand le bus atteignit la gare de Middletown. Quelques minutes plus tard, la porte du coffre à bagages s'ouvrait dans un chuintement pneumatique et Lisa récupérait son sac à dos. Elle jeta un coup d'œil autour d'elle. Sans se sentir coupable, elle regrettait ce qui s'était passé avec ce type, elle aurait voulu non pas s'excuser mais le gratifier d'un salut amical, d'un « À bientôt, j'espère ! » qui n'aurait pas été une provocation, plutôt une invitation à se souvenir d'elle avec un peu d'indulgence. Mais le jeune homme avait déjà quitté les lieux.

Immergé dans les luminescences verdâtres de la gare routière, son père l'attendait derrière la baie vitrée. Pour l'amuser, il se mit à lui faire des signes exagérés de la main. Le temps qu'elle le rejoigne, Lisa pesa pleinement la matérialité de ce qu'impliquait l'expression « revenir chez soi ».

Peter prit sa fille dans ses bras et la serra chaleureusement contre lui.

– Karen va être tellement contente, lui souffla-t-il.

Lisa se sentit agressée. Elle se laissa néanmoins aller aux démonstrations d'affection de son père. Ils sortirent de la gare et se mirent en route. Très vite, ils eurent épuisé les ressources naturelles de la conversation. Ils se turent mais cela ne sembla les gêner ni l'un ni l'autre, comme ces vieux couples qui préfèrent communier dans le silence plutôt que de céder à la facilité d'échanger des banalités. Lisa se mit à observer la route balayée par les phares de leur inusable break Volvo 740.

Quand la lumière du soleil perça l'obscurité et que le jour le céda brutalement à la nuit, ce fut d'abord l'éclat d'un rayon jaune vif, aveuglant, puis, dans un lent déploiement, apparurent toutes les nuances d'orange que l'on trouve dans l'acier quand il atteint son point de fusion. À mesure que l'œil montait vers le zénith s'y mêlaient de longues traînées moutonneuses grenat. Très rapidement, l'habitacle du véhicule s'illumina d'une lumière poudrée, emplie de matière, tandis que l'air devenait chaud et enveloppant. Lisa ouvrit sa vitre et respira fortement par les narines. Une odeur familière s'insinua en elle, un mélange compliqué, indéfinissable et pourtant unique, qui venait à la fois de la terre et du ciel. Alors toute la tension qui tétanisait son corps disparut peu à peu, elle eut soudain moins peur de devoir affronter sa mère et la maison où elle avait vécu. Ses nerfs se relâchèrent, son esprit devint sensible au moindre son, au moindre dénivelé du terrain, à la moindre variation colorimétrique dans l'atmosphère. Les paysages qu'elle traversait l'envahissaient, lui procurant un sentiment inespéré de plénitude. Pas seulement leur réalité visible mais aussi – et peut-être surtout – leur côté impalpable, leur aura en quelque sorte. Ces paysages sont ma terre, se dit Lisa. Ils sont peut-être vides de gens mais pas d'âme. Elle se tourna vers son père et lui sourit. En retour, Peter lui prit la main et la serra dans la sienne. Je suis ici chez moi, se dit-elle encore, soulagée.

Au moment où la Volvo se rapprochait de la maison, Karen sortit sur le perron, avec dans son sillage un cortège de quatre chiens, du plus petit au plus gros, qui aboyaient furieusement. Lisa, fixant sa mère à travers le pare-brise, fut contente de constater qu'elle n'avait pas changé. Peut-être un peu amaigrie, pensa-t-elle, en se rappelant aussitôt qu'elle avait toujours été de constitution assez peu solide. Les chiens se ruèrent sur la portière côté passager et leurs aboiements se transformèrent en glapissements joyeux quand Lisa sortit de la voiture.

– Je m'occupe de ton sac, lança Peter à sa fille. Va dire bonjour à ta mère, ajouta-t-il dans un chuchotement.

Il semblait impatient que la rencontre se fasse, qu'un contact s'établisse enfin entre les deux femmes. Lisa se dirigea lentement vers la maison. Malgré les efforts que Karen déployait à cet instant pour sourire à sa fille, un voile de mélancolie assombrissait son visage. Elle écarta les bras, un peu théâtralement, tout cela respirait la maladresse, les gestes de Lisa étaient en retour empesés, elle avait hâte d'en finir avec ce moment précis des retrouvailles. Son torse s'affaissa contre celui de Karen, qui l'emprisonna aussitôt entre ses bras.

– Bienvenue, ma petite, lui dit-elle avec tendresse en lui caressant les cheveux d'une main.

Lisa fut touchée de cet accueil et se détacha presque avec regret du giron maternel. Depuis combien de temps ne l'avait-on pas serrée de cette façon, à la fois si charnelle et si empathique ? Peter surgit, un sourire aux lèvres.

– Hé, les filles, à table !

Pendant une demi-heure, ils parlèrent de choses sans réelle importance, en dévorant les pancakes et l'omelette que Peter avait préparés tôt le matin, puis Lisa déclara que le voyage l'avait épuisée et qu'elle souhaitait se reposer. Peter et Karen acquiescèrent, soulagés que ces premiers moments se soient passés aussi simplement, sans anicroche.

Lisa monta à l'étage mais, avant d'atteindre sa chambre, elle ne put s'empêcher de s'arrêter devant une porte où un panneau affichait : « Défense d'entrer sans accord de la direction ». Elle tourna la poignée avec précaution. Dans le silence de la pièce, elle perçut avec une acuité particulière les bourdonnements de son crâne et jusqu'aux trépidations de son cœur. La chambre était plongée dans une obscurité totale. Les yeux de Lisa finirent par s'y habituer et identifièrent bientôt le poster géant du groupe metal Lamb of God punaisé au-dessus du lit une place, le mur d'étagères encombrées de pierres plus ou moins précieuses, de végétaux fossilisés, d'une collection de consoles de jeux d'un autre temps, de trophées récoltés au cours de longues années de pratique sportive. Rien ici n'avait changé. Pas un objet n'avait été déplacé depuis la mort de son frère Matt, il y a quatre ans.

Quelques jours avant la naissance de sa fille, Sandy avait été victime d'une pré-éclampsie suivie, trois semaines après l'accouchement, d'un grave accident vasculaire cérébral. Après avoir été une jeune femme dynamique et entreprenante, Sandy était devenue une créature évanescente, atteinte de ce qui se présentait parfois comme une douce folie, que les médecins qualifiaient de « déficience cognitive légère ». Aucun événement, quel qu'il fût, ne parvenait à convoquer son attention tout entière, il lui manquait toujours quelque chose pour être totalement présente, qu'elle fût seule ou en compagnie. Et puis elle avait des lubies, qui naissaient et disparaissaient sans raison. Occasionnellement, elle se rendait compte de ce que son état induisait de carences et d'étrangeté, mais la plupart du temps elle était convaincue – travaillait-elle à s'en persuader ? – que son comportement était conforme à la morale et aux usages selon lesquels elle avait été élevée et qu'elle agissait dans l'intérêt de tous, de son mari et de ses enfants en particulier. Dans ces moments-là, elle ne voyait rien de ce qu'elle était devenue.

Contrairement à ce que l'on pourrait penser, l'attachement de Joe à son épouse n'avait pas décru depuis cette attaque vasculaire. Il s'était même d'une certaine façon amplifié, si l'on veut bien admettre que l'amour peut se nourrir de choses extrêmement variées parmi lesquelles la compassion et l'indulgence. La fragilité de Sandy avait forcé Joe à lui accorder mille fois plus d'attentions, il se sentait paradoxalement plus proche de son épouse qu'il ne l'était dans les premiers temps de leur rencontre. Parfois même, son excentricité était tellement désarmante qu'elle le distrayait et il était capable de s'en amuser.

Régulièrement, ils faisaient l'amour. Là encore, les choses se passaient en demi-teinte, sans fougue mais sans brusquerie, avec douceur et respect. Il serait bien évidemment inexact de dire que Joe se satisfaisait de cette situation, ou même qu'il s'y accoutumait, il en était peiné en réalité et fréquemment embarrassé, mais il gardait l'espoir que le génie du temps finirait par démêler les choses. En outre, même s'il ne fréquentait plus guère les bancs de son église, il avait conservé de son éducation chrétienne une capacité quasi infinie d'abnégation et une disposition très marquée au sacrifice de soi.

Aujourd'hui, alors qu'il se préparait pour la fête d'anniversaire de sa mère, la seule préoccupation de Joe était de parvenir à mettre la main sur la veste qu'il avait décidé de porter. C'était devenu une habitude. Il pouvait passer des heures à chercher des objets, des papiers, des vêtements que Sandy avait déplacés, de manière intentionnelle ou simplement par mégarde.

Il rejoignit le rez-de-chaussée et pénétra dans la cuisine où Sandy préparait un gâteau avec les enfants. De la farine était éparpillée partout, il y en avait jusque sur le sol, jusqu'aux cheveux et aux visages enjoués des deux gamins.

– Sandy, est-ce que par hasard tu aurais vu ma veste noire ? commença-t-il brusquement.

– Comment ça, ta veste noire ? répliqua Sandy en se frottant les mains contre son tablier.

– J'ai, enfin j'avais trois vestes. Je n'en trouve plus que deux. C'est précisément celle qui manque que je voudrais porter à l'anniversaire de ma mère cet après-midi. La noire.

– Ah, celle-là ? Je l'ai donnée à Patsy Bellgrove, je crois.

– Tu l'as quoi ? cria-t-il.

La jeune femme tressaillit. Un éclair d'affliction passa dans son regard.

– Bon Dieu, Sandy, je ne connais même pas cette foutue Patsy.

– Ne jure pas, Joe, s'il te plaît, répondit-elle avec une soudaine émotion, en baissant les yeux vers sa fille.

Elle s'approcha.

– Reconnais qu'elle ne t'allait plus, dit-elle, lui caressant le visage d'une main saupoudrée de farine.

Il s'essuya nerveusement la joue et sortit de la pièce, agacé.

– Tu sais, ils n'ont pas la chance d'avoir autant d'argent que nous, lança Sandy d'une voix forte, en le regardant s'éloigner.

Pour son soixante-cinquième anniversaire, Ruth, la mère de Joe, avait vu grand et même un tout petit peu plus grand que les moyens de la famille ne le lui permettaient. Cette dépense qui aurait paru incongrue en d'autres circonstances, Ruth la justifiait par son souhait de célébrer la décision de son époux de se lancer dans la course à l'investiture à la mairie, une élection qui aurait lieu le mardi 8 novembre, soit exactement le même jour que l'élection présidentielle. Avec l'intronisation plus que probable de Donald J. Trump par son parti le 18 juillet prochain à Cleveland, Keith avait entrevu une possibilité inespérée de surfer sur la vague archiconservatrice et antisystème qui soulevait le pays, une tendance que le candidat républicain avait savamment entretenue et dont le père de Joe comptait bien profiter à son tour.

C'était pour toutes ces raisons que sa tenue importait tant à leur fils : pour rien au monde Joe n'aurait souhaité décevoir ses parents un tel jour. Il se promenait donc, Sandy accrochée à son bras, en veste grenat et cravate assortie, parmi la cinquantaine d'invités qui constituaient le meilleur – économiquement et politiquement parlant – de ce qui se faisait en ville et même dans le comté. L'actuel maire avait fait le déplacement, ce qui était apparu à Keith comme un signal plus qu'encourageant, tout comme le directeur local de Global Resources – son ancien patron, et aujourd'hui celui de son fils –, plusieurs dirigeants d'entreprises de sous-traitance de l'industrie pétrolière, le responsable de la représentation locale de l'EPA – l'Agence de protection de l'environnement –, le directeur régional de la First National Bank, ainsi que plusieurs propriétaires terriens d'envergure ; le gouverneur de l'État avait même laissé entendre qu'il passerait la tête, selon ses propres termes.

La qualité des hôtes devait beaucoup – pour ne pas dire essentiellement – à la position privilégiée qu'occupait Ruth au sein de la congrégation de l'église luthérienne de la Concorde, la plus influente de la ville. Ici, vous étiez croyant ou vous n'étiez pas grand-chose. Les églises fleurissaient, rien qu'à Middletown il y avait pas moins de vingt-neuf lieux de culte, dont onze se réclamant de la théologie luthérienne. Plus que n'importe où ailleurs, sur ces terres conservatrices pro-Dieu, pro-famille, pro-Amérique, la politique et le religieux n'avaient jamais fait aussi bon ménage.

À l'intérieur de ce groupe, il y avait deux clans : ceux qui parlaient local – ils étaient réunis autour de Ruth – et ceux qui parlaient fédéral, c'est-à-dire politique – ceux-là formaient un cercle autour de Keith. Le seul qui restait dans son coin était Tony, le frère aîné de Joe, arrivé la veille de New York. Il était probablement l'unique personne à voter démocrate dans cette assemblée où tout le monde se déclarait ouvertement républicain, Joe y compris. Il y avait bien sûr les pro-Trump et les anti-Trump, dont Joe faisait partie – le racisme et les propos misogynes du futur candidat l'effrayaient –, mais il était certain que les deux camps finiraient au bout du compte par s'unir sous la même bannière le jour du scrutin.

En tout état de cause, il est clair que la majorité des invités n'avaient rien en commun avec ces *White trash*, ces Blancs pauvres exclus du système, dont on disait qu'ils allaient massivement voter pour Donald Trump le jour venu. La ville avait grandi vite, en l'espace de dix ans d'immenses fortunes étaient nées, dont certaines se trouvaient en ce moment même autour du barbecue des Jenson, à dévorer leurs hamburgers et à ingurgiter leurs bières.

– Vous comprenez, ce qui nous différencie de ces libéraux des villes, dit le maire, c'est tout de même l'idée de liberté. Quand on vit dans de grands espaces comme par chez nous, ce qui est important c'est la liberté *individuelle*, garantie par la Constitution, comme celle de pouvoir frapper une balle de baseball où qu'on se trouve et dans quelque direction que l'on souhaite. Alors que dans une ville, ce qui prime, c'est la liberté *collective* de se protéger des lanceurs de balles de baseball. Comment voulez-vous que l'on s'entende ?

On entendit des ricanements d'acquiescement. Tout le monde dans cette assemblée tenait la Constitution pour sacrée et plus précisément son deuxième amendement. Dans ce pays de chasseurs et de ranchers, tous les hommes présents – et une grande majorité de femmes – avaient appris à marcher en s'appuyant sur un fusil. Leur troisième jambe, disait-on couramment. Rien que dans son salon, le père de Joe exposait dans une vitrine ses trois carabines. « Une pour la chasse, une autre pour les voleurs, la dernière pour le Diable », comme il aimait à en plaisanter.

– Ce qui nous différencie surtout des gens des villes, John, si tu veux bien, c'est la pourriture de leurs valeurs, pérora Keith qui se sentait pousser des ailes avec cette histoire de mairie. Les libéraux ne nous volent pas seulement notre liberté de taper dans une balle de baseball, ils nous volent notre liberté de prier, de penser ce qu'on veut des soi-disant droits fondamentaux des femmes et de financer nos écoles comme on l'entend. C'est entre autres là-dessus qu'on doit se battre, en tout cas que moi je vais mc battrc.

– Alors il ne faut pas voter pour Trump, dit soudain le pasteur.

– Ah ! Et pourquoi ? fit Keith, agacé.

– Excusez-moi, mais je ne le perçois pas comme étant le mieux placé pour défendre ce genre de valeurs.

– C'est exactement en propageant un discours pareil que cette menteuse de Clinton va se faire élire.

– Impossible, les gens la haïssent vraiment, même les démocrates, rétorqua le pasteur.

– Les démocrates en premier, compléta un chef d'entreprise en riant à moitié.

On s'esclaffa dans les rangs. C'est à ce moment que Joe, que la politique ennuyait, se rapprocha de son frère.

– Salut, Tony !

Ils levèrent leurs mains simultanément et leurs phalanges supérieures s'entrechoquèrent.

– C'est cool que tu sois venu.

– Mouais. Je ne sais pas si j'aurais dû. Tous ces réacs, ça me fait sacrément mal aux tripes.

Sandy, qui suivait docilement son mari, se rapprocha.

– Salut, Tony, dit-elle d'une voix fluette de timidité. Ça va ?

– Et toi, ma puce, ça va ? Toujours un peu patraque ? répondit-il méchamment.

– Patraque ? répéta Sandy qui ne saisissait pas la portée de la question.

– Comme tu veux, Sandy, dit-il avec un geste méprisant de la main.

– C'est bon, Tony, dit Joe.

Les deux frères échangèrent un coup d'œil inamical.

– Pourquoi tu es venu, Tony ?

– Pardon ?

– Tu t'emmerdes ici. Les gens d'ici t'emmerdent, ta famille en premier. Tu nous méprises. Ne dis pas le contraire.

Joe regarda son frère de haut en bas. Il portait un jean assorti d'une chemisette assez moulante pour dévoiler une anatomie sculptée par des heures d'efforts.

– Tu as toujours voulu être différent. Tu ne nous ressembles pas. Alors je te le demande : tu es venu faire quoi ici ?

– À ton avis, ducon ?

– T'es venu à la pêche au pognon, c'est ça ?

Tony lui rit au nez. Il avait toujours méprisé Joe. C'était lui le brillant, l'intellectuel, celui à qui un destin exceptionnel était promis. Pas à son demeuré de frère qui pourtant, par le seul fruit de son travail, s'était hissé non seulement à une position économique respectable, mais à un rang social incontestable, ce qui était exactement l'inverse de Tony qui vivait en parfait anonyme dans une grande ville où il n'était ni vu ni connu. Dans ce pays puritain à majorité protestante, où la valeur du travail rccouvrait une dimension singulière, Joe bénéficiait d'une sorte d'aura : il était un self-made-man, à l'image de ces colons entrepreneurs – et parmi eux son arrière-arrière-grand-père – qui avaient bâti le pays à la force de leurs bras et des enseignements de la Bible. Rien que pour cela, il méritait le respect de tous. Sauf de son frère de toute évidence et, dans une moindre mesure, de ses parents.

Ruth s'approcha à cet instant de ses garçons et ouvrit grand les bras.

– Oh, Tony, on n'a même pas eu le temps de se parler. Je suis tellement contente que tu aies réussi à venir.

– Je n'aurais manqué ça sous aucun prétexte, maman, tu sais bien.

– Tu es un bon fils, dit-elle en relâchant son étreinte.

Joe les observait. Jamais Ruth ne l'avait tenu de cette façon dans ses bras. Jamais elle ne lui avait dit ces choses avec ce ton si particulier qu'ont les mères quand elles sont entichées de leurs enfants. Tony avait toujours été le fils préféré et quoi qu'il fasse – quoi que Joe fasse de son côté pour contenter sa mère et même son père – il semblait qu'il le resterait éternellement.

– Bonjour, maman, fit résonner Sandy, profitant d'un blanc dans la conversation.

– Ah, bonjour, Sandy, dit Ruth plutôt froidement, comme si elle découvrait soudain sa présence.

– Je peux vous aider ? Je pourrais m'occuper du café si vous voulez ? Ou bien couper le gâteau ? Ou même servir à boire ? Il y a sûrement… Oh oui, il y a des tas de choses que je pourrais faire pour vous venir en aide.

Sandy avait parlé avec trop de précipitation, elle s'en rendait compte. Joe, à ses côtés, respira lourdement.

– Oh, maman, insista Sandy, j'aimerais tellement être utile à quelque chose.

Ruth la regarda avec tristesse et lui caressa la joue.

– Je sais, ma petite, je sais.

Pendant une fraction de seconde, Ruth ouvrit grand les yeux en regardant Tony, une mimique qui en disait long sur son sentiment à l'égard de sa belle-fille. Bien que Ruth ait essayé de s'en cacher, Joe perçut ce regard et il en eut un pincement au cœur. Sa mère partie, il ne supporta pas l'idée de rester seul avec son frère. Il prit vivement Sandy par la main et l'éloigna pour la protéger de quelque nouvelle humiliation.

S'il y avait une chose qu'il était difficile de reprocher à Karen Wilson, c'était de manquer de détermination et de pugnacité dans la résolution des problèmes matériels de l'existence. Elle ne reculait jamais devant rien, ni devant les difficultés qu'on lui opposait ni devant le temps qu'il lui fallait en général pour lever ces obstacles. C'est ainsi que, depuis l'accident de sa génisse, elle passait d'innombrables heures au téléphone pour tenter d'entrer en contact avec le président de Global Resources et lui signifier à l'occasion tout le mal qu'elle pensait des comportements irresponsables et assassins de ses chauffeurs. Mais au lieu de s'emporter comme on aurait pu s'y attendre, elle gardait son calme, sachant qu'opposer une placidité aux refus systématiques et répétés qu'elle essuyait était un atout essentiel dans la réussite de sa démarche comme pour son équilibre global.

– Je suis une teigne, répéta calmement Karen à son interlocuteur pour la énième fois. Je vous appellerai tous les jours, vous entendez ? Tous les jours je composerai le numéro de votre compagnie et tous les jours je demanderai à parler à votre patron, M. Gordon Whitbread. Bien entendu, après avoir passé toutes les barrières des intermédiaires et subi d'interminables musiques d'attente, je finirai une fois de plus par tomber sur vous, Bishop. C'est bien Bishop votre petit nom, n'est-ce pas ?

– Oui, madame, répondit l'homme, jeune de toute évidence. Bishop est bien mon *petit nom* comme vous dites.

– Eh bien, laissez-moi vous dire une chose. Même si j'en suis sincèrement désolée car vous m'avez l'air d'un type tout ce qu'il y a de correct, Bishop, je crois bien que je vais devenir votre pire cauchemar. Tous les jours je vais vous appeler pour vous demander une chose : respecter la loi. Tout le monde devrait respecter la loi, pas vrai ?

– Bien sûr, bien sûr, madame. Le problème, je vous l'ai déjà dit, c'est que je n'y suis pour rien, en définitive.

Lisa entra à cet instant. Karen la salua de la main et lui adressa un sourire.

– Je suis sûre que vous, par exemple, vous respectez la loi, Bishop.

– Bishop ? Il s'appelle vraiment Bishop ? murmura Lisa, moqueuse.

Karen acquiesça d'un signe de la tête en souriant.

– Eh bien, Bishop, reprit-elle, aiguillonnée par la présence de sa fille, est-ce que c'est vraiment si difficile que ça, je ne sais pas moi, de placarder une affiche dans vos locaux invitant vos chauffeurs à respecter la limitation de vitesse à quarante kilomètres-heure qui leur est imposée par les autorités de cet État ? Est-ce que les gens chez vous se foutent des injonctions de l'État, Bishop ?

Elle semblait presque s'amuser maintenant d'avoir réussi à faire de sa fille la spectatrice du petit théâtre de ses désillusions.

– Je peux vous envoyer un modèle d'affiche si c'est cela qui vous chagrine.

Lisa était à deux doigts d'éclater de rire.

En l'espace de six ans, Karen et Peter avaient perdu dix-huit de leurs bêtes. La plupart victimes d'un accident provoqué par un chauffard. Tout portait à croire que les chauffards en question étaient sans exception des employés de Global Resources et que, tout aussi unanimement, aucun d'eux n'avait respecté la limitation de vitesse en vigueur sur ces voies de circulation étroites qui tenaient plus de la piste qu'autre chose et sur lesquelles il était parfois interdit de circuler. Les trois bêtes qui n'étaient pas mortes par accident avaient succombé de façon plus opaque, on avait parlé de contamination des nappes phréatiques et d'un excès de sel et de nitrates dans les pâturages, mais tout cela demeurait un mystère. Dans un cas comme dans l'autre, rien n'avait jamais pu être prouvé puisque les Wilson étaient dans l'incapacité de faire face au coût exorbitant des analyses biologiques ou des autopsies vétérinaires qui auraient éventuellement pu apporter un éclairage scientifique à leurs suppositions. Leur entreprise labellisée bio en avait souffert, leurs clients avaient commencé à se méfier de la qualité de la chaîne alimentaire qu'ils proposaient ; tout cela ajouté à la diminution drastique du prix de la viande, le moins qu'on puisse dire c'est qu'ils se trouvaient dans une mauvaise passe.

– Et maintenant ? demanda Lisa à sa mère quand elle eut raccroché.

– Pardon ?

– Ça sert à quoi tout ça ? dit-elle sur un ton plus interrogatif que provocateur.

– Tu veux dire, ça sert à quoi de se battre ?

– Se battre, oui, je sais bien pourquoi on doit se battre, mais là, toi, tu espères quoi de ces coups de fil, exactement ? Tu crois sincèrement que leurs chauffeurs vont arrêter de rouler comme des malades parce qu'une simple affiche dans un bureau leur dira que c'est vraiment pas super de jouer au con sur la route ?

– Je sais que ça ne sert pas à grand-chose mais pour l'instant c'est le seul moyen que j'aie trouvé pour ne pas abandonner complètement.

Karen soupira.

– Je pourrais aussi m'enfermer dans ma chambre et

pleurer toute la journée sur mon sort. Peut-être même me foutre en l'air, pourquoi pas ?

– Ce n'est pas ce que je dis, Karen.

Depuis qu'ils étaient tout petits, Karen préférait que ses enfants la désignent par son prénom plutôt que par tout diminutif qui lui aurait paru affadissant.

Elle se redressa et jeta un regard résolu à sa fille.

– Un jour, je l'aurai au téléphone, ce putain de boss.

– Et alors ?

– Et alors ? Eh bien, fais-moi confiance, je lui parlerai.

– Et tu lui diras quoi, à part ce que tu répètes à longueur de temps à ce Bishop ?

– Je l'aurai au téléphone, bon sang, pendant des mois il aura refusé de me parler mais un jour il décrochera son téléphone et il me parlera.

Lisa marchait sur des œufs, elle n'avait pas envie que les choses s'enveniment avec sa mère mais en même temps elle était dans l'incapacité de se taire.

– C'est pour cette raison que vous avez fait le tour du monde ? Que vous avez pris des tas de drogues ? Pour ne rien voir des choses telles qu'elles sont ? Pour ne pas vous battre ? Ou seulement à moitié ? demanda-t-elle sans animosité, mais avec une certaine douleur.

– Ce n'était pas si confortable que tu as l'air de le penser, tu sais. On s'est vraiment battus, contrairement à ce que tu dis. Le Vietnam, tous ces gens qui crevaient d'un côté comme de l'autre, oui, ces millions de morts, tu ne trouves pas que c'était un sujet important ? Tu ne trouves pas qu'on s'est battus pour ça au moins ? Et la sexualité, ce n'était pas un sujet fondamental non plus ? On vous a quand même un peu facilité les choses de ce côté-là.

– Bien sûr que c'était important, la guerre, la sexualité, sauf qu'au bout du compte vous avez lâché, vous vous êtes laissés dépasser par un système qui vous a bouffés tout crus, enfin Peter et toi en tout cas. La preuve, regarde ce qui se passe aujourd'hui.

La jeune femme désigna de la main quelque chose de vague à l'extérieur.

– Ces foutus puits, cette puanteur, ce gaz qui brûle jour et nuit, vos bêtes qui crèvent l'une après l'autre…

Karen leva les yeux au ciel.

– On ne peut pas faire obstacle à la société en voulant s'en extraire, il faut choisir, conclut Lisa, qui semblait parler autant pour sa mère que pour elle.

– Oh, Lisa, soupira Karen avec lassitude. Ne cède pas à ce genre de reproches, s'il te plaît. Personne n'est à lui seul responsable de l'état du monde, j'ai fait ce que j'ai pu, figure-toi.

Il y eut un long silence. En temps normal, l'excitation de la bataille les aurait toutes deux galvanisées, la discussion se serait prolongée et aurait très probablement dégénéré. Les récriminations de Lisa auraient comme d'habitude dépassé le cadre de l'engagement politique de sa mère – un engagement qu'elle avait toujours plutôt admiré, au fond, et qui l'avait elle-même largement inspirée – pour finir par se focaliser sur le vrai sujet de leur opposition : la perception qu'elle avait de l'implication de Karen en tant que mère, de ses manquements, de ses failles, de ses oublis, bref de tout ce qu'elle n'avait pas été envers sa fille et que Lisa lui reprochait encore.

Mais cette fois les deux femmes se turent. Cela avait évidemment à voir avec l'envie commune et inavouée de démarrer quelque chose de neuf dans leurs rapports, d'essayer au moins, de ne pas céder si tôt à l'agacement qu'elles ressentaient l'une envers l'autre et qui avait constitué le terreau de leur affrontement systématique, au moins jusqu'à la mort de Matt.

– Je vais voir les bêtes, tu m'accompagnes ? demanda tendrement Karen.

– Je te rejoins, répondit Lisa en s'emparant de son téléphone portable, j'ai un coup de fil à passer.

Karen sortit sur le perron. Un soleil blanc illuminait les pâturages. Il faisait déjà chaud mais il était encore trop tôt pour que l'on en souffrît, les hommes comme les animaux. Karen porta son regard au loin. Les pompes à balancier allaient et venaient de manière régulière, flegmatique, suçant le pétrole dans un mécanisme aussi imperturbable que les mâchoires de ses vaches qui mastiquaient ce qu'il restait d'herbe dans la prairie. Deux mondes parallèles, profitant des ressources du même sol, l'un horizontal, l'autre vertical, se confondaient sous ses yeux. La trace de la nature et celle de l'homme, aux intérêts opposés dans ce cas précis. Karen eut un léger tressaillement. Elle réalisa une fois encore qu'elle n'appartenait pas à cette terre. De toute la famille, elle était celle qui n'avait aucune attache avec ce terrain inculte, ces petites montagnes de rien, ces sédimentations primitives. Aucun souvenir, aucune joie réelle – en tout cas aucune de celles que l'on associe à l'enfance ou même à l'adolescence – ne la liaient émotionnellement à cet environnement. Elle avait bien essayé, au début, de se fondre dans le paysage, de donner le change à l'austérité de cette région et, peut-être encore plus difficilement, à la frugalité de ses habitants ; elle avait bien tenté d'observer la vie souterraine ou céleste, a priori illisible pour les étrangers ou les gens de passage, dont on disait qu'elle recouvrait ici un caractère sacré, mais cela ne l'avait menée nulle part. Elle ne détestait pas être là cependant, elle se sentait délicatement captive de cet espace à ciel ouvert qui ne lui inspirait aucune poésie, ni aucun mysticisme, mais avait-elle jamais été poète ou mystique, même au temps de sa jeunesse ? Et puis, une chose la condamnait dorénavant à demeurer ici, à accepter la fatalité de se sentir orpheline d'un quelconque territoire : son fils, enterré à quelques kilomètres de leur maison, à deux mètres de profondeur sous des tonnes de poussière et de caillasse, au sein de la seule terre qu'il ait jamais vraiment connue, son territoire à lui.

Les mots de Lisa creusaient un sillon sous son crâne. Elle se souvint de la légèreté insensée de la Californie des années soixante-dix, de la vigueur des convictions qu'elle affichait alors, du sentiment enivrant d'être la maîtresse absolue de son existence. En débarquant ici, il lui semblait qu'elle avait tout abdiqué de cela, qu'elle était passée sans transition – de manière beaucoup trop brutale – de la jeunesse à la maturité, d'un état d'apesanteur à une sensation d'engourdissement, avec l'impression d'être rejetée par cette terre à première vue hostile et de vieillir de dix ans en quelques mois. C'en avait été fini de la douceur de vivre, comme si l'entrée dans l'âge adulte avait d'abord représenté une pénitence et, par-dessus tout, la fin de son enthousiasme.

Il y a six ans, pour couronner le tout, des dizaines de puits avaient commencé d'apparaître autour de leur habitation. Karen et Peter étaient bien propriétaires du sol, des ressources superficielles de ce sol, de la maison qui avait été bâtie sur ce sol, mais ils n'étaient nullement propriétaires de ce qu'il y avait en profondeur. Dans cet État – comme dans beaucoup d'autres États du pays –, les droits de surface et les droits miniers pouvaient être la propriété de personnes distinctes. Ainsi, dans les années cinquante – au moment où personne ne s'intéressait réellement aux richesses géologiques de cette région –, les parents de Peter avaient cédé pour une misère les droits d'exploitation de leur sous-sol afin de renflouer l'activité de leur ranch, déjà vacillante à l'époque. L'héritier de ces droits – en l'état, le plus proche voisin des Wilson – les avait lui-même rétrocédés en 2010 à Global Resources, avant d'empocher des millions de dollars et de s'enfuir aussi sec vers une région légèrement plus verdoyante et géologiquement moins favorisée, où il ne risquait pas d'avoir la vue encombrée par le moindre puits. La compagnie pétrolière avait commencé à déployer son activité sur ces terres récemment acquises, sans aucune considération pour ses voisins, et une guerre inégalitaire, disproportionnée avait démarré entre les poids lourds de l'une et le bétail des autres.

Lisa rejoignit sa mère, dont le regard se perdait vers l'horizon. Karen se tourna vers elle, lui sourit, et reporta les yeux sur le paysage. Un long silence s'installa, tandis que les deux femmes regardaient ensemble dans une direction commune. Elles n'avaient pas encore évoqué la disparition de Matt mais il était certain qu'à ce moment précis, son image les hantait, l'une comme l'autre. Leurs yeux étaient rivés sur le même point au loin, quelque part sur l'une des pistes qui menaient au ranch. Espéraient-elles voir soudain surgir de la poussière une Ford Thunderbird vert amande ? Y croyaient-elles encore, à son retour ? Le soir de sa disparition, elles étaient ensemble, dans la même maison. C'était encore ensemble qu'elles s'étaient dirigées vers le lieu du drame ; ensemble qu'elles avaient découvert le corps ; ensemble qu'elles avaient procédé aux préparatifs mortuaires ; ensemble qu'elles l'avaient enterré. À un moment donné, être encore ensemble alors qu'il n'était plus là leur avait paru insupportable. Lisa était partie et n'était pas revenue pendant quatre ans.

Karen fut la première à briser la plainte de ce long silence :

– OK. Tu as raison, Lisa. Cette fois, je ne vais pas me laisser faire, dit-elle enfin, sans se tourner vers sa fille, en croisant les bras sous sa poitrine.

Don Jorgenson avait pour habitude de parler calmement, en toute conscience. On voyait bien qu'il n'était pas du genre à s'exprimer à la légère ni à se laisser impressionner par quiconque. Il n'était pas fort en gueule non plus, on aurait pu le comparer à un rouleau compresseur, il avançait doucement mais de manière implacable, sans sourciller ni jamais sourire, comme si rien ne pouvait le détourner de la tâche qu'on lui avait assignée et que cette tâche relevait pour lui d'un sacerdoce. Il était timide en réalité, c'était pour cette raison qu'il dissimulait l'essentiel de son visage derrière une grosse barbe rousse et sous une casquette aux initiales du Dakota Farmers Council, dont il était le président depuis moins d'un an.

Le DFC, une organisation non partisane, entre syndicat et lobby, se battait pour faire entendre la voix de ses membres – pour la plupart des agriculteurs – à tous les échelons de la mécanique législative, du conseil municipal de Middletown au Congrès à Washington. Il était tout particulièrement vigilant à ce que l'exploitation des ressources naturelles de la région soit un bienfait pour la population locale et revête un caractère écologiquement responsable. « Les hommes et la terre, les plus beaux dons de Dieu », comme Don le répétait sans cesse.

Lisa avait décroché un stage de fin d'études d'une durée de six mois au DFC. Elle était assise en face de Don et lui consacrait toute son attention.

– Comprends-moi bien, Lisa, nous ne sommes pas des révolutionnaires. Même si nous nous situons de facto sur le terrain de la politique, nous ne faisons pas de politique au sens où on l'entend généralement. Nous sommes à la fois un observatoire et un groupe de pression. Nous nous efforçons de faire en sorte que les politiques tiennent leurs engagements mais en retour nous ne prenons jamais position en leur faveur. Chez nous, il y a aussi bien des démocrates que des républicains. Ce serait vraiment une mauvaise chose de penser différemment.

– Je sais, Don. Je sais très bien qui vous êtes et comment vous fonctionnez.

– Nous croyons surtout qu'on est plus forts au sein d'une communauté que seul dans son coin, continua Don qui, visiblement, ne voulait laisser subsister aucun doute sur l'éthique de son organisation. Ce qui nous préoccupe, c'est de défendre ensemble le droit de chacun à une vie meilleure et digne. Tu sais, nous ne sommes pas systématiquement contre le business et les entreprises. Au risque de te choquer, je pense sincèrement qu'on peut profiter des bénéfices de l'exploitation des hydrocarbures en conservant un cadre écologique prospère. L'environnement et l'industrie ne sont pas fatalement incompatibles.

– Mais c'est le plus souvent le cas.

– Je te l'accorde, c'est pour cette raison que nous avons encore beaucoup de travail devant nous.

– C'est un peu pour ça que je suis là, non ? dit Lisa avec un beau sourire.

Don resta figé. Il n'avait pas envie de se laisser séduire, fût-ce par cette jeune femme, avec les parents de laquelle il était ami et qu'il connaissait depuis la naissance.

– Est-ce que tu as entendu parler de la réserve des Sioux de Standing Rock ? demanda-t-il.

Lisa acquiesça.

– Eh bien, je voudrais que tu t'y intéresses de près.

Quelques heures plus tard, Lisa, au volant d'un des véhicules de fonction du DFC, se garait devant les locaux du syndicat d'urbanisme de Middletown. Aussitôt entrée, elle se dirigea vers une jeune réceptionniste qui la fixait avec un sourire aux lèvres.

– Bonjour, je suis Lisa Wilson, j'ai rendez-vous avec Bruce Kaplan. C'est moi qui ai appelé tout à l'heure pour…

– C'est bon, Lisa, la coupa la réceptionniste, je sais qui tu es.

Lisa s'approcha et détailla la jeune femme derrière son bureau. Il lui fallut quelques secondes pour mettre un nom sur ce visage qui émergeait péniblement des brumes de sa mémoire.

– Oh bordel, c'est toi, Grace ?

– Bingo ! Tu t'en souviens, dit-elle, touchée.

– Grace Huntington !

– Grace Gallagher, précisa-t-elle en exposant l'annulaire de sa main gauche.

– Ga-lla-gher ! exagéra Lisa en éclatant de rire.

Les deux femmes discutèrent un moment puis la conversation fit long feu, faute de réels souvenirs en commun, hormis quelques cigarettes échangées à l'entrée du lycée, il y a six ou sept ans.

– Il est là, Kaplan ? demanda soudain Lisa.

– Il s'est comme qui dirait envolé d'un coup.

– Comment ça, envolé ?

– Je sais pas moi, DFC, Standing Rock, Indiens, cadastre, parcelles, agriculteurs en colère, tous ces mots ça a dû l'effrayer si tu veux mon avis. Mais j'ai son adjoint sous la main, si ça te dit. Il est pas vraiment plus malin mais au moins il est mignon.

Lisa haussa les épaules en faisant la moue, en une mimique de vague acquiescement. Grace appuya mollement sur le bouton d'un interphone.

– Qu'est-ce que tu veux, Grace ? répondit la voix nasillarde d'un homme sur un ton agacé, comme si elle le forçait à s'extirper d'une réunion de la plus haute importance.

– Je te dérange pas au moins ?

– Accouche, Grace.

– J'ai quelqu'un pour toi.

– Quelqu'un ?

– Une jolie fille.

Lisa se renfrogna.

– Une très jolie fille.

Grace s'esclaffa. Un silence plein de crépitations suivit puis :

– OK, envoie la sauce.

Grace relâcha le bouton.

– Qu'est-ce que je te disais ? conclut-elle en ricanant.

Lisa la remercia d'un sourire et commença à s'enfoncer dans un couloir bordé de portes qui ne se différenciaient les unes des autres que par le nom de leurs occupants pompeusement gravé sur une épaisse plaque de cuivre. Brusquement, une porte s'ouvrit.

Lisa et Ross se reconnurent immédiatement. Difficile de faire autrement : ils avaient vécu quasiment côte à côte pendant dix-huit années, de la naissance de Lisa au départ des Caubet, les parents de Ross, après que ceux-ci eurent cédé l'exploitation du sous-sol de leurs terres et, par la même occasion, de celles des Winston à Global Resources, trahissant ainsi – le mot n'était pas trop fort – leurs voisins qui étaient au passage leurs meilleurs amis.

– Lisa Wilson ! s'écria Ross. Ça alors ! Le monde est vraiment petit.

– Toutes proportions gardées, c'est assez vrai.

Elle observa le bureau encombré autour d'elle.

– Te voilà urbaniste, Ross Caubet ! On m'aurait dit ça, je n'y aurais pas cru.

– Urbaniste, comme tu y vas ! fit Ross en portant la main sur son cœur.

Il sourit.

– Ça me fait plaisir de te voir.

– Je ne suis malheureusement pas près de penser la même chose, répliqua-t-elle.

– Les enfants ne sont pas responsables des conneries de leurs parents, Lisa.

– Des conneries de *tes* parents, Ross.

– OK, si tu veux, des conneries de *mes* parents.

Lisa le fixa, il y avait de la tendresse dans son regard. C'était une affection spontanée, incontrôlable, qui prenait sa source dans une époque très lointaine de sa vie. Cet homme en face d'elle, qu'elle le voulût ou non, était lié aux moments les plus joyeux de son existence.

– Tu imagines bien que ce n'est pas pour te voir que je suis venue, Ross Caubet.

Il sourit de nouveau.

– J'ai besoin des relevés cadastraux autour de Standing Rock.

Ross ouvrit de grands yeux étonnés.

– Rassure-moi, tu connais la réserve de Standing Rock ?

– Qu'est-ce que tu crois ? protesta-t-il en haussant les épaules.

Il sortit et revint une dizaine de minutes plus tard, les bras chargés de relevés topographiques qui exposaient dans le détail la répartition des terres autour de la réserve, ainsi que leurs numéros d'inscription au cadastre.

– Montre-moi où doit passer l'oléoduc.

– C'est un bienfait pour la région, tu sais, dit Ross en la fixant, les Indiens ont tort de s'opposer à ce projet. Ils sont complètement paranos avec cette histoire.

– C'est l'employé de la municipalité qui parle ou bien le fils du riche actionnaire ?

Ross baissa les yeux et, de l'index, indiqua le tracé pressenti du futur pipeline. Lisa notait au fur et à mesure dans un carnet les numéros correspondant aux parcelles traversées. Au bout d'un quart d'heure elle avait rempli l'équivalent de trois feuillets. Avant de prendre congé elle ne put s'empêcher de demander :

– Tu as revu Joe ?

– Non.

Il ajouta :

– Pas depuis… Enfin…

La fin de sa phrase demeura en suspens. Lisa fit une petite moue d'étonnement nuancé de tristesse. Elle s'apprêtait à quitter les lieux quand Ross la retint par le bras.

– Je chante maintenant, tu sais.

Il désigna la pièce d'un vague mouvement de la main.

– Ici, c'est pour la façade. Le côté rangé. Mais mon vrai truc c'est la musique.

– Tu chantes vraiment ?

– Dans le coin, je suis connu sous le nom de Ross Dakota.

Lisa éclata de rire.

– C'est bien que tu sois reconnaissant de tout ce que cet État a fait pour ta famille.

Ross agita comiquement la main devant le visage de la jeune femme pour l'inviter à se taire. Il paraissait tellement heureux de la retrouver qu'il se serait esclaffé du plus vachard des reproches qu'elle aurait pu lui adresser.

– Tu viendras m'écouter ?

– C'est quoi ton genre de musique ?

– À ton avis ?

Elle fit mine de gratter les cordes d'une guitare et

entama d'une voix grave l'une des chansons les plus connues du chanteur de country Willie Nelson :

On the road again
Just can't wait to get on the road again
*The life I love is making music with my friends**…

Il n'est pas certain que Lisa ait réalisé la portée de son choix. « On the Road Again » était la chanson fétiche de son frère Matt, le genre de morceau qu'il mettait à fond dans sa Ford Thunderbird quand il partait en virée avec ses deux meilleurs amis, Ross Caubet et Joe Jenson. Ross perçut l'allusion. Il pâlit, un sourire mélancolique s'accrocha à ses lèvres et sembla n'en plus vouloir partir.

– Quelque chose comme ça, ouais.

Il paraissait tellement affligé que Lisa ne résista pas à l'envie de lui caresser délicatement la joue, avant de prendre le chemin de la sortie.

Une fois à l'extérieur, la jeune femme courut à sa voiture. Une douleur lui tenaillait les entrailles. Elle s'affala sur le siège conducteur et porta la main à son ventre. Ross

* « À nouveau sur la route / Je meurs d'impatience d'être à nouveau sur la route / Ce que j'aime dans la vie, c'est faire de la musique avec mes amis… » (Toutes les traductions sont de la main de l'auteur.)

cristallisait l'existence d'un éden originel, verdoyant, coloré, un ailleurs idéalisé que Lisa avait définitivement dû abandonner et qu'elle regrettait chaque seconde d'avoir quitté. Jamais elle n'avait été aussi proche de quelqu'un qu'elle ne l'avait été de son frère Matt. Malgré les huit années qui les séparaient, en raison des manquements de ses parents à son égard – de sa mère, principalement –, elle avait passé le plus clair de son temps libre à ses côtés. Il l'emmenait partout où il le pouvait, dès qu'il le pouvait. En retour, elle lui vouait un culte insatiable, elle lui aurait tout sacrifié et c'est d'une certaine façon ce qui s'était passé à plusieurs reprises, aucun des amoureux qu'elle avait eus ne semblant capable de rivaliser avec l'éclat de son frère. Sa mort avait eu sur la jeune femme des répercussions profondes. Elle n'avait pas seulement perdu un frère, elle avait perdu un ami, son meilleur allié, celui qui l'avait aidée à affronter ses peurs et ses contradictions d'enfant pour devenir une adulte. Matt parti, Lisa était déboussolée.

Elle démarra et roula à l'aveugle, ne sachant où aller, ne voulant emprunter aucune direction en particulier. Après quelques kilomètres d'une conduite erratique, elle se retrouva à l'extérieur de la ville et bifurqua vers la gauche, sur la 47e Rue nord. Au détour d'un virage se profila tout au loin le cimetière où son frère Matt était enterré. Elle ralentit, fixant l'horizon devant elle, rassurée d'avoir désormais un but à atteindre.

C'est alors qu'elle repéra un rapace qui tournoyait, ailes immobiles, en décrivant un cercle parfait de plusieurs dizaines de mètres de rayon. Alors que l'oiseau progressait dans sa direction, Lisa le reconnut et en resta sidérée. Elle appuya sur la pédale de frein, son véhicule s'immobilisa brusquement au beau milieu de la route mais elle n'eut conscience de rien, d'aucun danger. C'était un pygargue à tête blanche. Lisa n'avait encore jamais croisé cet animal rare, sacré, déclaré messager spirituel entre les dieux et les hommes par les Amérindiens qui étaient les seuls dans tout le pays à pouvoir se servir de ses plumes pour leurs rituels de passage. Lisa sourit, elle eut la certitude d'une complicité d'ordre cosmique entre elle, ce rapace, la mission qu'elle devait effectuer ici et le souffle qui animait l'esprit de son frère.

Le bourdonnement du klaxon d'un énorme poids lourd monta de loin, ébranlant la fragilité de l'instant. Au même moment, l'aigle cassa délicatement sa trajectoire et s'éloigna en direction du sud. Allait-il vers Standing Rock ? se demanda Lisa distraitement, en se moquant d'elle-même. La mort de son frère l'avait rendue sensible à l'interprétation des caprices du destin et elle passait son temps à se le reprocher.

Joe et Lisa finirent par se croiser au Walmart de Middletown, un dimanche après-midi. Leur rencontre ne pouvait relever que du hasard : malgré l'envie probable qu'elle en avait, la jeune femme n'aurait jamais frappé spontanément à la porte de Joe, l'expérience régressive qu'elle avait essuyée avec Ross Caubet lui avait suffi.

Ce fut Joe qui la repéra le premier dans les allées de l'hypermarché. Elle poussait avec nonchalance un grand caddie presque vide, s'emparant d'un produit, le détaillant puis le reposant, insatisfaite, donnant l'impression de ne pas avoir la tête à ça, aux courses, à la nécessité de devoir acheter des choses pour se nourrir, aux exigences du quotidien d'une manière générale. Il la vit d'abord de dos et s'arrêta entre deux rayons, presque sans le vouloir, simplement pour l'observer. Il était certes difficile d'ignorer cette fille aux jambes interminables, en minishort et débardeur échancré, ses longs cheveux relevés en un chignon indistinct planté de ce qui s'apparentait à l'une de ces baguettes en bois laqué qu'on trouve dans les restaurants chinois, un assortiment de colifichets colorés autour du cou, des poignets, des chevilles. La première pensée de Joe fut de s'interroger sur sa présence et même de s'en alarmer légèrement : Qu'est-ce qu'une fille comme ça fait dans le coin ? Il la trouva un peu trop provocante, avec ses vêtements d'été qui laissaient à découvert au moins soixante-dix pour cent de sa peau nue, estima-t-il. Puis Lisa fit volte-face et il la reconnut enfin. Il tressaillit, ce fut comme une apparition. Un sentiment de gêne s'empara de lui : comment avait-il pu ne pas l'identifier plus tôt, cette fille dont il avait été si proche ? Il remarqua que, depuis la dernière fois qu'il l'avait vue, elle avait renoncé à cette allure sauvage, un peu garçonne, qu'elle cultivait, certainement pour ne pas demeurer en reste quand ils étaient tous ensemble, son frère et eux. Elle ressemble à une vraie femme, se surprit-il à penser en s'approchant d'elle, toutefois encore indécis quant au tour à donner à leurs retrouvailles, ne sachant s'il devait passer devant elle pour qu'elle le reconnaisse ou si, à l'inverse, il devait s'amuser à la surprendre en l'abordant de front. À un moment donné, tout choix cessa de lui appartenir. Sa fille Abigail, poursuivie par sa mère dans les allées du supermarché – toutes deux engagées dans ce qu'elles appelaient leur « cache-cache avec le monstre » –, déboucha d'une allée transversale. Ne regardant rien devant elle, la gamine s'affala contre les jambes de Lisa et trébucha. Lisa poussa un cri de surprise et de douleur. Abigail hurla à son tour. Joe se précipita pour relever l'enfant, ruinant tous les scénarios de rencontre paisible qu'il avait envisagés.

– Hey ! Salut, Lisa, fit-il, mal à l'aise, en prenant sa gamine qui s'était mise à pleurer.

La jeune femme le regarda, abasourdie.

– Joe ! Ça alors ! Mais…

Sandy accourut, essoufflée, penaude. Elle arracha nerveusement sa fille des bras de son père.

– Oh, ma chérie, ma chérie !

Puis se tournant vers Lisa :

– Je suis désolée, lui dit-elle, tout en couvrant Abigail de baisers enfiévrés. Désolée, vraiment.

– Salut, Sandy, répondit Lisa, étonnée de ce comportement agité. Tu me reconnais ?

Sandy la fixa sans un mot.

– Sandy, tu te souviens de Lisa ? intervint Joe, inquiet.

– Lisa ? Mais oui bien sûr, dit-elle de façon peu convaincante, portant légèrement la voix pour se faire entendre par-dessus les pleurnichements de sa fille.

Elle tendit maladroitement la main à Lisa, qui lui rendit la politesse. Joe rougit. Lisa eut l'impression que quelque chose lui échappait.

– Il faut qu'on se voie, Lisa, dit Joe.

– Oui, bien sûr, il faut qu'on se voie.

Joe sortit son portefeuille de la poche arrière de son jean et en extirpa deux cartes de visite. Il tendit l'une à Lisa et sur la seconde il griffonna le numéro qu'elle accepta de lui donner. Puis il fut contraint de l'abandonner – sa fille pleurait toujours, Sandy s'éloignait déjà –, Lisa lui fit un sourire et s'écarta à son tour. Joe était confus, contrit, il se sentait dépossédé de ces retrouvailles qu'il aurait souhaitées si enthousiastes.

Joe garda ce goût d'inachevé longtemps après être rentré chez lui. Le soir, à l'heure de passer à table, ce sentiment ne l'avait pas complètement abandonné. À l'étage, Sandy donnait le bain à Abigail. La maison résonnait de leurs cris joyeux auxquels se mêlaient de furieux bruits d'éclaboussures. Il y eut une accalmie puis, au bout de quelques secondes, Sandy éclata d'un rire grotesque venu du fond de la gorge, presque un cri d'animal. Ce rire, qui serait apparu à Joe comme admissible la veille, le tétanisa. C'est un rire de détraquée, je suis marié à une cinglée, se dit-il. Il regretta aussitôt de s'être laissé aller à cette pensée et s'efforça de la chasser. Il s'empara d'une pizza surgelée, en déchira fébrilement l'emballage cartonné et l'enfourna. Mais rien n'y fit, la pensée haineuse le poursuivait. Ce n'était pas la première fois que le handicap de son épouse le frappait en pleine face, il devait composer le plus souvent, faire avec dans tous les cas, il était tour à tour choqué, ému, embarrassé, agacé, mais c'était la première fois que son ressentiment prenait un tel caractère agressif. Joe était en colère contre Sandy, il s'en rendait compte et, d'une certaine façon, il en était désolé pour lui comme pour elle. C'était comme si une partie de son esprit, jusqu'ici silencieuse, s'était réveillée pour le narguer, pour le tester.

Quand Sandy redescendit avec les deux enfants, il eut du mal à lui adresser la parole et plus encore à la regarder.

– C'est prêt ? Je ne sais pas toi mais nous, on a une faim de loup ! annonça-t-elle avec entrain, en serrant Noah et Abigail contre elle.

Elle agissait à cet instant de façon parfaitement normale. C'était cela qui était si difficile à admettre, ces comportements instables, en dents de scie, ces va-et-vient incessants entre l'ordinaire et l'insolite, entre l'acceptable et l'inadmissible. Joe ne savait plus où passait la frontière entre l'un et l'autre. Sa capacité de discernement était bouleversée par son impuissance à élucider cette simple question. Tout était flou. Concernant son ménage, il n'avait plus de conviction sur quoi que ce fût.

Après le dîner, les enfants couchés, il lui fallut sortir. Il voulait s'isoler, sortir du cadre familial à tout prix. Il prétexta un pot d'anniversaire en l'honneur d'un des ouvriers de son équipe. Sandy ne s'en formalisa pas, elle adorait être seule, boire seule ses décoctions de plantes, ne pas devoir pour une fois choisir un programme télé qui conviendrait à l'un et à l'autre et qui, au fond, ne plaisait à aucun des deux.

Joe roula longtemps sur des routes pratiquement désertes. Le temps d'atteindre Main Street, distante d'une trentaine de kilomètres, ce fut à peine s'il rencontra cinq véhicules, dont un seul poids lourd de taille moyenne. Rien qu'il y a deux ans, sur le même parcours, il aurait déjà croisé une quinzaine de dix-huit roues et quatre fois plus de voitures particulières. Il y a deux ans, c'était encore le boom du pétrole de schiste. De toutes les villes américaines, Middletown était celle qui avait connu la croissance la plus phénoménale. Vingt mille véhicules la traversaient quotidiennement. En seulement cinq ans, sa population avait doublé, dépassant le cap des trente mille habitants. Contrairement à la majorité des autres agglomérations du pays, la crise financière de 2008 l'avait complètement épargnée, c'en était presque indécent : les loyers étaient devenus aussi chers qu'à New York – et le revenu par habitant comparable –, la main-d'œuvre accourait de partout et si l'on ne trouvait pas de job dans l'industrie pétrolière ou ses activités connexes, on pouvait toujours se rabattre sur le Walmart ou le McDonald's du coin qui ne lésinaient pas sur les salaires dans le seul but de garder leurs employés, versant parfois jusqu'à dix-neuf dollars de l'heure pour un poste dépourvu de qualification. Ici, les rémunérations à six chiffres étaient légion, on fêtait un nouveau millionnaire en dollars toutes les cinq heures, l'argent et l'huile de schiste coulaient à flots. À tour de bras, on construisait des puits – on en dénombrait alors plus de dix-sept mille dans tout l'État –, mais aussi des fast-foods, des hôtels, des restaurants, des bars, des écoles, des centres de loisirs, partout s'édifiaient des *man camps*, des baraquements de fortune en préfabriqué, gardés jour et nuit par des vigiles privés, où les ouvriers du pétrole s'entassaient sur des lits superposés pour un loyer exorbitant de mille dollars par personne. On se battait pour se loger mais également pour manger, les rayons des supermarchés étaient fréquemment vides, faute de capacité d'approvisionnement – Joe se souvenait que Sandy avait attendu trois jours pour pouvoir acheter une simple laitue à 2,99 dollars pièce. Dans son développement tentaculaire qui absorbait les champs alentour aussi vite que l'encre sur un buvard, la ville avait fini par gober son aéroport, un ancien entrepôt de campagne soudain décrété aéroport international. Tout avait été démultiplié : la puissance de l'argent, ce que l'on pouvait s'offrir avec, le prix qu'il fallait y mettre, jusqu'aux agressions sexuelles et au taux de délinquance.

Il y a deux ans, Joe venait de fêter ses trente ans. Il

avait été l'un des premiers ouvriers du comté à profiter de cette manne providentielle. Il était marié à une jeune femme piquante et dynamique qui le faisait rire et qu'il adorait. Ensemble, ils allaient boire des verres et danser. Ensemble, ils avaient eu un fils qui constituait une source inépuisable de contentement et de fierté. La vie lui souriait et c'est les paumes tournées vers le ciel que tous les jours il bénissait le Seigneur de l'existence remarquable qu'Il daignait lui accorder.

Et puis, du jour au lendemain, le prix du baril avait chuté pour s'effondrer quelques mois plus tard, atteignant un taux pour lequel son exploitation, en tout cas par la technique sophistiquée de la fracturation hydraulique, devenait problématique, trop onéreuse. De nombreuses entreprises s'étaient déclarées en faillite. Pour d'autres, il avait fallu licencier, épurer et surtout rationaliser les modes de production. Sur la centaine de milliers d'emplois créés en quelques années, beaucoup avaient été supprimés. La région s'était assagie, dans tous les sens du terme, les accidents de la route avaient considérablement diminué, le taux de criminalité également, l'agitation frénétique qui avait secoué la ville s'était peu à peu apaisée. Au même moment, Sandy était tombée malade, et Joe avait eu l'impression de se réveiller d'un mauvais rêve, d'être privé d'un coup de tout ce que la vie lui avait promis et dont il s'était accoutumé à se sentir redevable. Sa capacité d'émerveillement en avait été définitivement affectée.

Dans le bar où il atterrit ce soir-là, il y avait quantité d'hommes seuls qui semblaient terrassés par un ennui commun. Faute de clientèle, les deux établissements à strip-tease avaient fermé leurs portes, aussi les mâles de la région se rabattaient-ils sur ce genre de boui-boui où, à défaut de femmes à reluquer, ils pouvaient manger et consommer de l'alcool en écoutant de la musique. La majorité des consommateurs étaient mariés, leur famille vivait le plus souvent très loin, ils restaient ici dans le but sinon de faire fortune, du moins de gagner assez d'argent pour payer les études de leurs gosses, assécher le crédit de leur maison, gonfler le pécule de leur retraite. Tous avaient le même objectif : se barrer le plus vite possible de ce bled toujours trop chaud ou trop froid, qui n'était pas le leur.

Une voix sortit Joe de sa torpeur :

– Salut, je m'appelle Zach ! dit l'homme en lui tendant la main.

– Moi, c'est… c'est Joe.

Le visage de Zach était débarrassé de toute ecchymose mais il y avait quelque chose dans son allure qui le faisait paraître encore plus fragile que le jour de sa rencontre avec Lisa dans le Greyhound, une espèce d'absence qui se notait dans son regard et dans ses gestes, plus lents qu'auparavant. Il observa Joe avec insistance puis après avoir évalué que ce qu'il se préparait à dire ne serait pas nécessairement mal reçu :

– Hey, Joe, dis, ce serait trop te demander de me payer un verre ? Je suis comme qui dirait assez diminué côté pognon ces temps-ci. Je cours après mais pour l'instant c'est lui qui me rattrape, si tu vois ce que je veux dire, fit-il en éclatant d'un rire faux.

Joe ricana mais eut pitié. Il appela le serveur.

– Billy, tu lui remets la même chose ? dit-il en désignant du pouce le verre vide de Zach.

– Trop cool, *bro*. Je te revaudrai ça, tu peux me croire.

Joe se tourna vers le jeune homme. Ils avaient presque le même âge mais tout les séparait. Il ne put s'empêcher de lui dire :

– Pourquoi tu es ici, Zach ? Tu es venu chercher quoi exactement ?

– OK, j'avoue que je me suis légèrement gouré sur le potentiel de l'endroit.

– Tu crèches où ?

– Au Concorde, annonça Zach tout sourire, comme s'il s'agissait d'un hôtel que personne ne pouvait ignorer. Le patron est hyper cool.

Joe mit du temps à comprendre.

– Tu dors à l'église de la Concorde, c'est ça ?

– Exact.

Depuis l'arrivée massive d'ouvriers appâtés par les ressources de la ville – mais aussi depuis qu'il était plus compliqué d'y trouver du travail –, l'église luthérienne de la Concorde hébergeait gratuitement une quarantaine de personnes parmi celles qui ne pouvaient se payer le luxe d'un loyer. Le pasteur avait attiré sur lui la colère de ses paroissiens – dont la mère de Joe, la plus virulente d'entre eux –, qui percevaient là une menace à l'ordre public. L'homme de foi n'en démordait pourtant pas : « Une église est une église, sa mission première est de venir au secours des nécessiteux. »

Joe réclama l'addition et paya.

– Barre-toi le plus vite possible, Zach, dit-il en s'extirpant de son tabouret haut. Il n'y a que ceux qui sont nés ici qui peuvent à la limite y vivre.

– Porte-toi bien, *bro*, répondit Zach, sans le regarder, en plongeant les lèvres dans la mousse de sa pinte.

Joe sortit sans un mot. Sa rencontre avec Zach l'avait déprimé. Il monta dans sa Jeep et démarra. Au bout de quelques kilomètres, il parvint à un embranchement qu'il avait emprunté mille fois par le passé. En tournant à droite, il rentrerait chez lui ; en allant tout droit, il tomberait inévitablement sur le ranch des Wilson. Bifurquer à droite le démoralisait tandis que continuer tout droit laissait la porte ouverte à des éventualités encore inconnues qui seraient comme un pied de nez à la monotonie de ses habitudes. Il progressa sur quelques kilomètres à travers un décor de plaines asséchées qui présentaient de temps à autre de très légères ondulations, avant d'apercevoir, au loin, la ferme des parents de Lisa. Il connaissait bien l'endroit, la plupart des puits voisins, c'était avec ses équipes qu'il les avait installés. Joe éteignit ses phares, roula encore sur une centaine de mètres et coupa le moteur. Calé dans son siège, bercé par l'obscurité, il se mit à observer la maison des Wilson et le paysage alentour. Les flammes des torchères se détachaient en dansant sur le noir sépulcral du ciel. Même avec la distance, on entendait leurs sifflements sourds, pareils aux cris d'un tissu de soie qui n'en finirait pas de se déchirer. Acheminer ou stocker le gaz qui s'échappait en même temps que l'huile de schiste aurait coûté une fortune aux compagnies pétrolières qui préféraient de loin le brûler et donc le perdre. Joe se rappela une photo qui l'avait frappé : un cliché de nuit, vu du ciel, où la région de Middletown, en raison du nombre élevé de ces torchères et en dépit de sa très faible densité humaine, paraissait tout aussi lumineuse que la grande ville voisine de Minneapolis. Joe sourit, il ne se lassait pas d'admirer la magie de ce paysage où l'industrie et la nature paraissaient cohabiter avec harmonie, et où lui-même parvenait à profiter équitablement des bienfaits de l'un et de l'autre.

Soudain, les phares d'une voiture apparurent. Instinctivement, Joe se tassa dans son siège. Le véhicule se gara près de la maison, sous un hangar. Lisa en sortit furtivement, on aurait dit un fantôme dans la maigre lumière extérieure du ranch. Joe eut du mal à respirer et resta de longues minutes à observer la porte derrière laquelle elle avait disparu.

Les parents de Peter Wilson et ceux de Paul Caubet Jr, le père de Ross, avaient vécu toute leur existence en excellents voisins. Dans ces contrées arides, dépeuplées, s'entraider répondait à un impératif économique avant même que d'être confraternel. Tout le monde ici était logé à la même enseigne, les bourrasques de grêle et les tornades de pluie chaude ne faisaient pas la différence entre vos terres et celles de votre voisin le plus proche. Les hivers et les étés frappaient chacun de la même manière, sauvage et indistincte. Les ranchers avaient de ce fait une idée très précise de la notion de solidarité. Si vous tombiez malade au printemps, les fermiers alentour se chargeaient de semer à votre place ; si, à l'été, une veuve se retrouvait seule face à ses champs de blé mûr, elle était certaine de dénicher de l'aide parmi les connaissances de son défunt mari ; s'il arrivait que votre maison brûle ou toute autre calamité de ce genre, une cérémonie était organisée où chacun se fendait d'un cadeau utile et généralement d'un peu d'argent. Les fermiers s'efforçaient sans cesse de renforcer les liens d'amitié et de convivialité qui les unissaient, profitant de la moindre occasion pour se retrouver, fabriquer ensemble des pains de savon ou des montagnes de saucisses, faire griller de la viande ou des marshmallows sur la paille fraîchement coupée des moissons, assister aux baptêmes, aux mariages, aux enterrements, autant de cérémonies au rythme desquelles se réglait la vie quotidienne des uns et des autres. L'idée de communauté prévalait sur tout. Quand, par exemple, les grands-parents Wilson se retrouvèrent quasiment ruinés au cours de la sécheresse qui à partir de 1952 paralysa les deux Dakota pendant cinq interminables années, ils furent heureux que leurs voisins les dépannent en leur rachetant – pour certes pas grand-chose – les droits miniers de leurs terres, dont chacun se fichait royalement à cette époque. Contrairement aux autres ranchers, les Caubet avaient à leur disposition, depuis leur mariage, un petit pécule dont ils faisaient rarement usage, leur « jackpot matrimonial » comme ils l'appelaient. Ils trouvèrent donc naturel de venir en aide aux Wilson qui, par fierté paysanne, n'auraient jamais accepté que quiconque leur donnât, ou même leur prêtât, un seul *quarter*. À la mort de ses parents, Paul Caubet Jr, leur fils aîné, hérita du ranch, mais personne à l'époque – pas même lui – ne se souvenait de l'existence de ces droits. Quand les Wilson moururent à leur tour et que leur fils unique débarqua avec femme et enfant de Californie, la petite famille fut accueillie à bras ouverts par les Caubet, conformément à cette tradition d'hospitalité qui avait jusqu'ici prévalu sur ces terres. Ils vécurent eux-mêmes en excellents voisins pendant vingt-cinq ans, jusqu'à ce jour de 2010 où les Caubet annoncèrent aux Wilson leur décision irrémédiable de quitter la région.

– J'ai mis deux heures pour venir de Main Street aujourd'hui, leur expliqua Paul. C'est complètement insensé. Je ne veux pas que ma famille continue à vivre dans ce bordel, excusez l'expression. C'est bien simple, je ne reconnais plus rien à ce pays.

– Vous allez vivre de quoi ? demanda Karen, affligée.

– Franchement, je n'en ai aucune idée, affirma Paul.

Deux mois plus tard, les Caubet avaient vendu leur bétail et emménagé dans la douceur des plaines vallonnées du Montana voisin, à trois heures de route de Middletown. Exactement un mois plus tard, le premier puits apparaissait dans le voisinage immédiat des Wilson. Il faut croire que la mémoire de Paul Caubet Jr s'était ravivée d'un seul coup et qu'il s'était souvenu à temps de l'existence des droits miniers acquis par son père. En tout état de cause, il s'était rapidement empressé de les rétrocéder à la compagnie pétrolière Global Resources pour quelques millions de dollars, avant de s'enfuir comme un voleur avec sa femme et leurs trois enfants dont Ross, le fils aîné qui, à vingt-quatre ans, vivait encore aux crochets de ses parents.

Les ressources en hydrocarbures du sous-sol schisteux, jusqu'alors inexploitables en raison d'impossibilités techniques de forage, l'étaient soudain devenues grâce à la mise au point de la fracturation hydraulique, dont le recours massif avait débuté il y a tout juste quatre ans et qui laissait la porte grand ouverte à toutes sortes de spéculations et de convoitises. Avec le *fracking*, le rêve éternel d'indépendance énergétique de l'Amérique allait enfin se réaliser. Les prévisions les moins optimistes tablaient sur douze millions de barils de pétrole par jour en 2020 – soit pratiquement deux fois plus qu'en 2006 – qui feraient des États-Unis le premier pays producteur au monde, loin devant l'Arabie saoudite. Au-delà des retombées économiques, les plus radicaux – et il y en avait quelques-uns dans le comté – y voyaient une revanche politico-stratégique sur ces États du Golfe qui, non contents d'imposer leurs vues au gouvernement le plus puissant de la planète, nourrissaient en leur sein d'effroyables terroristes dont l'imagination macabre paraissait n'avoir aucune limite.

Peter et Karen se fichaient bien de ces considérations géopolitiques et de savoir si leur pays allait ou non pouvoir s'affranchir des diktats de l'OPEP, ils se moquaient tout autant de connaître la manière exacte dont on éventrait leur terre et dans quelle direction, verticale ou horizontale, les tiges de forage y parvenaient. Ce qu'ils voyaient, ce qui les aveuglait même, c'était que leurs voisins, leurs meilleurs amis, leur avaient menti, les avaient trahis et que cette trahison les condamnait à vivre dans toujours plus de bruit et de fureur.

Depuis, Karen n'avait jamais rendu visite aux Caubet, jamais réclamé d'explication, jamais souhaité qu'ils s'excusent non plus. Mais, aujourd'hui, elle avait une requête à leur soumettre.

La propriété des Caubet ne présentait aucune des caractéristiques que l'on prête aux demeures des riches. Seul son emplacement était exceptionnel. Elle était enchâssée à l'intérieur d'une forêt de pins ponderosas aux pieds desquels se déroulait un tapis herbeux d'une verdeur étonnante. On comprenait rapidement ce qui donnait à ce gazon cet aspect si attirant : des centaines de buses discrètement fichées dans le sol le vaporisaient régulièrement d'eau fraîche. La seule concession à l'idée de luxe, pensa Karen. Au loin, formant comme l'arrière-plan d'un décor, s'élevaient de magnifiques et douces montagnes plantées de mélèzes et de buissons assez costauds pour supporter la rigueur hivernale. C'était la nature à l'état brut, un environnement puissant et salutaire. Arrêtant son moteur, Karen fut frappée par la quiétude qui régnait. Elle en ressentit un bien-être paradoxal étant donné la raison de sa présence à la porte de ses anciens voisins. Depuis combien de temps n'avait-elle pas entendu aussi distinctement le sifflement d'une sturnelle ou celui d'un chardonneret, le murmure d'une rivière, les craquements tour à tour aigus et sourds du bois vivant, le souffle ténu d'une brise d'été ? Elle réalisa combien les bruits de la nature se différenciaient de ceux des activités industrielles, les seuls qu'elle connaissait à présent. Les premiers étaient précis, purs, agencés avec harmonie dans la géométrie de l'espace, les seconds, à l'inverse, étaient la plupart du temps illisibles, constituant une masse sonore grave, indistincte, compliquée.

Elle reprit sa route, roula sur un chemin de gros graviers, se gara près d'une remise – elle aussi construite en planches de bois peint – et descendit de la voiture. La porte du hangar était ouverte. Elle ne put s'empêcher d'y jeter un œil et reconnut la vieille Chevrolet Impala de Cindy et le pick-up Ford de Paul Jr, plus vieux encore. Bon sang, à quoi leur sert tout cet argent ? pensa-t-elle, décontenancée. Elle se dirigea vers la porte d'entrée, tranquille et déterminée, puis elle sonna. Au bout de quelques secondes, Cindy vint lui ouvrir et resta figée.

– Karen, ça alors ! dit-elle, sa surprise passée, de façon plutôt affable, bien qu'elle fût trop introvertie pour jamais vraiment paraître hospitalière.

Karen, hésitant entre plusieurs attitudes, eut une mimique qui se voulait drôle et inattendue. Elle se décida finalement à ouvrir les bras et à accueillir Cindy contre sa poitrine.

– Entre, dit Cindy en s'écartant, gênée de ces effusions.

L'intérieur de la maison était aussi peu spectaculaire que l'extérieur. Si, en dépit de nombreuses baies vitrées, l'atmosphère était plutôt oppressante, c'était sans doute en raison du fait que le sol, le plafond, les murs, les escaliers, la plupart des éléments de mobilier étaient en bois verni – des essences de pin en majorité, de toutes les tailles et débitées de toutes les façons, en planches larges, en fines lattes, en rondins, en lambris, toutes piquetées de nœuds sombres qui faisaient comme des centaines de petits yeux inquisiteurs. Au fond de la pièce, un mur entier gris foncé en pierre calcaire de l'Indiana abritait une cheminée en son milieu. Montant du plancher jusqu'au plafond cathédrale, il ne participait en rien à rendre le décor plus amène.

Karen sembla déçue. Qu'imaginait-elle exactement de la manière dont les Caubet vivaient aujourd'hui ? Elle n'eut pas le temps d'y réfléchir plus longtemps. Paul Caubet Jr apparut en haut de l'escalier qui menait à l'étage. Karen leva la tête. Ils se jaugèrent sans un mot, un vague sourire accroché aux lèvres.

– Je ne vais pas faire de scandale, rassure-toi, dit-elle posément, en s'avançant.

Paul descendit quelques marches tandis que Karen se dirigeait vers le bas de l'escalier, comme pour l'accueillir. En chemin, une chose la troubla. Dans un coin, elle nota la présence d'un piano demi-queue laqué noir, dont le côté sophistiqué jurait avec l'aspect rustique du reste de la maison. Karen se souvint que Cindy avait toujours rêvé d'un tel instrument, non pas pour en jouer mais pour le seul plaisir d'en être propriétaire. D'ailleurs, l'abattant du clavier était baissé, l'instrument formait une masse sombre, hostile, contrairement à ces pianos que l'on utilise de manière régulière et dont les touches restent le plus souvent à découvert. Sur le meuble s'alignaient une série de photographies dans des cadres de différents formats. C'étaient des photos de famille, témoignant de jours heureux et anciens, la plupart antérieurs à leur arrivée dans cet endroit, comme Karen fut frappée de le remarquer. Une photographie particulière attira son attention : Cindy et Paul, un sourire de contentement timide aux lèvres, posaient aux côtés d'Hillary Rodham Clinton qui affichait, elle, un air conquérant. Karen mit quelques secondes à se remettre de son émotion. Elle s'empara du cadre.

– Joli cliché, ironisa-t-elle en le détaillant.

– On est allés la voir quand elle est venue à Fargo, dit Cindy dans son dos. Elle a fait un très beau discours. C'est vraiment quelqu'un de bien.

Karen ne put s'empêcher de sourire.

– Je n'en doute pas, répliqua-t-elle sans se retourner.

– Tu n'es plus démocrate ? s'inquiéta Cindy.

Karen se retourna enfin, la photo toujours dans les mains.

– On vit des moments étranges, non ? déclara-t-elle, volontairement mystérieuse. On sent tellement que tout peut basculer dans un sens ou dans l'autre.

Elle reposa la photo. Paul s'avança. Il osait à peine s'approcher de son ancienne voisine. La prendre dans ses bras comme il l'avait fait des centaines de fois par le passé lui parut tout simplement impossible, alors il se tint à distance.

– Qu'est-ce que tu veux, Karen ? demanda-t-il sans agressivité.

– Dix-huit de nos bêtes sont mortes écrasées depuis six ans. Je sais que tu connais personnellement Gordon Whitbread, le patron de Global Resources. Je veux que tu lui demandes de respecter la limitation de vitesse de ses camions sur nos terres.

– Ah…, se contenta de dire Paul.

Puis, après un temps :

– Je ne connais pas personnellement Gordon Whitbread. Je pense que Gordon Whitbread se fiche complètement de moi et de tout ce que je pourrais lui ordonner de faire.

– Tu devrais peut-être commencer par essayer, Paul.

Il haussa les épaules, instinctivement. Bien qu'il n'y

eût aucune malignité dans ce geste, Karen se raidit, des petits picotements lui zébrèrent la colonne vertébrale. Il était visible qu'elle s'efforçait de ne pas laisser exploser ses larmes ou sa colère.

– Vous nous avez laissés dans le noir, Paul. Vous nous devez juste un petit peu de lumière.

– Je suis désolé, Karen.

– Désolé de quoi ? De ce que tu as fait ou de ce que tu t'apprêtes à ne pas faire ?

– Je suis loin d'être un héros, je le sais. J'ai juste envie que mes enfants aient une éducation. Et qu'ils partent d'ici. Qu'ils voient plus grand qu'ici.

– Ma fille a une éducation. Elle a eu des bourses pour cela. Elle voit très grand, tu sais, elle n'a pas besoin que ses parents trahissent qui que ce soit pour y arriver.

– C'étaient eux ou nous, Karen. Ils ne m'ont pas laissé le choix.

– Ce n'est pas ce que je te reproche.

Elle se reprit, insatisfaite de sa formulation :

– D'ailleurs, je ne te reproche rien. J'avais presque réussi à oublier votre présence, figure-toi. J'ai simplement besoin que tu exiges de ce type qu'il foute la paix à mes vaches.

– On a tellement manqué, tu le sais mieux que personne, dit Paul avec prudence, conscient qu'il ne lui fallait pas trop jouer sur ce registre. C'est comme ça qu'ils nous ont eus. Ils te pourrissent le crâne, ces gens-là.

Comme il parlait vite, il fut soudain à bout de souffle. Il s'arrêta pour reprendre sa respiration.

– Personne ne peut rien contre eux, ajouta-t-il avec un air meurtri. Ils sont trop forts. Ils ne voient rien, ils n'entendent rien. Crois-moi, ça ne servirait pas à grand-chose…

Il s'arrêta net au milieu de sa phrase. Karen eut un geste du bras, comme si elle jetait l'éponge.

– OK, ça ne marche pas. J'étais vaguement venue dans l'espoir de comprendre. Je me disais qu'en vous revoyant tous les deux, je comprendrais mieux. Tout ce fric, ce que vous en faisiez, où ça passait, la baraque, les bagnoles, les fringues, l'intérêt de tout ça, en somme. Les gens deviennent tellement tarés avec le pognon. La seule chose que je comprends c'est que vous non plus vous n'y pigez pas grand-chose.

Paul osait à peine respirer. Karen s'arrêta pour le fixer, inquisitrice, avant de repartir dans son monologue :

– Je vous connais bien, les Caubet, vous n'étiez pas vraiment prêts à faire des saloperies à vos meilleurs copains. Ils vous ont embarqués dans leur putain d'histoire, ces salopards, ils vous ont bien eus et vous vous en mordez les doigts, ça se sent. Sauf que vous les avez faites, ces saloperies. À un moment vous avez dû faire un choix, vous vous êtes dit : Tant pis, on sauve notre peau, tant pis pour Peter et Karen, nos amis depuis vingt-cinq ans, qui risquent d'y perdre la leur. Ce n'est pas les autres qui l'ont fait, ce choix, c'est vous. Et maintenant j'ai l'impression que vous vous prenez la tête avec vos thunes qui poireautent dans un coffre à la banque en attendant que vous ayez la conscience un peu plus tranquille. J'ai envie de dire tant pis pour vous. Franchement, je ne sais pas lesquels d'entre nous sont les plus à plaindre.

Elle s'arrêta un court instant puis, fixant Paul :

– On était du même bord, dit-elle avec tristesse. On était une famille, c'était la seule chose qui comptait.

Karen s'approcha lentement du piano. Paul et Cindy la fixaient, le souffle coupé, craignant le pire. Karen s'empara de la photo où Hillary Clinton posait avec le couple.

– Vous lui avez donné de l'argent ? dit-elle calmement en regardant Paul puis Cindy. Hein, vous lui avez filé du fric pour sa campagne ?

Les Caubet se turent mais leur gêne et leur silence plus encore en disaient long. Karen prit une longue inspiration. Elle observa de nouveau la photographie quelques secondes et son visage marqua de la lassitude. Alors, elle relâcha nonchalamment la pression de ses doigts. Le cadre tomba et se fracassa sur le parquet dans un bruit de verre, net et glacial. Karen ferma les yeux une fraction de seconde, tentant d'évaluer le sentiment que ce geste avait provoqué en elle, ce qu'il avait apaisé d'animosité ou déclenché comme colère nouvelle. Elle ne sut rien en discerner. Elle se dirigea vers la porte d'entrée, lentement et sans un mot, seul résonnait le bruit de ses grosses chaussures dans le silence assourdissant de la maison.

Ce qui surprit le plus Lisa, ce fut l'atmosphère si particulière qui émanait de l'endroit. Les participants au mouvement protestataire de Standing Rock, au-delà d'être unis par la même détermination et le même engagement, partageaient un état d'esprit similaire, qui se traduisait sur les visages et dans l'air ambiant par un mélange de douceur, de calme et de gravité. Toute agressivité était bannie des échanges, c'était même la première chose que l'on imposait aux nouveaux arrivants. Toute la journée, des gens se réunissaient, prenaient la parole en faisant vibrer d'une voix forte, relayée par un mégaphone, des mots comme *résistance*, *colonisation*, *extermination*, *communauté*, *respect*, *espoir*, *culture*. Au grondement des tambours une danse traditionnelle se mettait en place au milieu de la foule. Parfois, des sons profonds, gutturaux, en langue tribale, émanaient d'un cercle de prière improvisé, agglomérant l'assistance dans une ferveur silencieuse d'une intensité quasi magnétique. C'était un bouillonnement contrôlé, la fusion entre une énergie revendicatrice, quelque chose de profondément sérieux qui atteignait l'intime et une réelle satisfaction à être ensemble. Partout régnait l'évidence qu'une aventure essentielle était en train de se jouer. Chacun semblait engagé dans une lutte qui dépassait ses intérêts personnels, le combat pour le respect de la dignité humaine, qu'elle fût physique ou spirituelle, et qui apparaissait à tous indissociable d'un respect au moins équivalent à l'égard de la terre nourricière.

Formant une longue avenue, des dizaines de drapeaux hissés sur des mâts de fortune claquaient au vent. C'étaient les emblèmes de réserves amérindiennes dont les représentants s'étaient déplacés des quatre coins du pays. Pour la première fois depuis longtemps – sans doute depuis l'émergence du *Red Power* il y a cinquante ans –, l'activisme indien s'était ravivé. Près de trois cents tribus sioux s'étaient accordées pour s'opposer ensemble, sur un même territoire et sans recours à la moindre démonstration de force, à ce qu'elles estimaient être la violation de leurs droits tels que décrits en 2007 dans la déclaration des Nations unies sur l'autodétermination des peuples autochtones. Contrairement à ce que préconisait cette déclaration, personne n'avait vraiment demandé leur avis aux Sioux Lakotas de la réserve de Standing Rock quand il s'était agi de creuser le Dakota Access Pipeline, un oléoduc de mille neuf cents kilomètres de long, supposé acheminer quotidiennement cinq cent soixante-dix mille barils de pétrole de la région de Bakken dans le Dakota du Nord vers la ville de Patoka dans l'Illinois. Une construction qui impliquait de creuser à plus de dix mètres de profondeur sous la rivière Missouri, unique source d'approvisionnement en eau potable de la réserve, et d'éventrer des sites sacrés dont certaines sépultures où reposaient leurs ancêtres. Ce projet, les Amérindiens l'avaient baptisé *the Black Snake* – le Serpent noir –, l'animal maléfique porteur de destruction et de catastrophe qui vient menacer le troisième monde de la spiritualité sioux – le monde souterrain où circule l'eau –, à côté du ciel – où règnent les constellations – et de la terre – où demeurent les hommes.

Ce n'était pas par principe que les Amérindiens se rebellaient contre les agissements de l'entreprise texane Energy Transfer Partners, certains n'étaient pas nécessairement contre l'exploitation du pétrole, en revanche tous en avaient assez de faire les frais de décisions dont ils n'étaient jamais partie prenante. Ce qui avait mis le feu aux poudres était le détournement du tracé initial qui prévoyait de passer à quelques encablures de Bismarck, une ville relativement prospère au nord de la réserve, dont quatre-vingt-dix pour cent de la population était blanche. La commission locale en charge de l'encadrement du projet avait estimé qu'il y aurait un risque majeur de pollution des sources d'eau potable en cas de fuite, si bien que le tracé avait été redessiné pour atterrir sur ces terres sensibles, à deux pas de la réserve où vivaient des milliers d'Amérindiens, qui avaient eu la désagréable impression d'être considérés comme des sacrifiés, voire des citoyens de seconde zone.

Lisa roula jusqu'au sud de la réserve en empruntant la Highway 1806 puis franchit la rivière Cannonball avant d'atteindre le camp principal situé à l'est de l'autoroute. En avril 2016, LaDonna Brave Bull Allard, l'une des leaders du mouvement, avait fondé sur ses propres terres le camp Sacred Stone, le premier lieu de résistance au projet de pipeline. Le mouvement s'étendant, le camp liminaire s'était déplacé un peu plus haut pour occuper un terrain dont le gouvernement fédéral revendiquait la propriété et qui constituait le camp Oceti Sakowin. Au fil des jours, une multitude de gens avaient grossi les rangs des premiers protestataires, dont quantité de militants de la cause écologiste, parfois accourus de l'autre bout de la planète. Des célébrités d'Hollywood faisaient elles aussi régulièrement le déplacement. Le mouvement, au départ tribal, s'était amplifié pour prendre une résonance internationale, devenant le centre d'une attention médiatique considérable, grâce entre autres aux réseaux sociaux qui avaient pris le relais en mots et en images. Les *Water Protectors*

– Les Protecteurs de l'eau –, comme ils préféraient se désigner, occupaient aujourd'hui l'endroit par milliers, se répartissant à perte de vue dans des tipis, des tentes individuelles ou collectives, des mobil-homes, des caravanes. Des centaines de voitures s'éparpillaient sur les quelques hectares du camp, au centre duquel un feu de bois brûlait en permanence. Il y avait des enfants de tous les âges, des vieillards, des adultes venus de tous les États et de tous les pays. Le mouvement était de toute évidence destiné à durer. Une vie communautaire faite d'échanges, de partages et de prières s'était mise en place, les dons affluaient sous forme de nourriture, d'eau potable, de vêtements, de bois. Se réchauffer, bien se couvrir seraient bientôt essentiels pour pouvoir continuer à lutter. Dans deux mois, les signes avant-coureurs de l'hiver commenceraient à se manifester. Quelques semaines plus tard, dès le début du mois de novembre, ce serait à la neige et à des températures polaires qu'il faudrait faire face.

Pour ralentir l'avancée des travaux, des actions de résistance non violentes étaient organisées quotidiennement. Leur but, la plupart du temps, était d'occuper un site de construction en cours et de le bloquer pour quelques heures ou, si l'on était chanceux, quelques jours. Au moment où Lisa se gara, des participants avaient commencé de se regrouper pour former une ligne humaine compacte et silencieuse. Certains portaient des T-shirts imprimés de slogans, d'autres affichaient leurs revendications sur des étendards qu'ils faisaient claquer au vent ou sur des bouts de tissu griffonnés à la va-vite. « Le pétrole ne se boit pas », « *Mni Wiconi* : L'eau, c'est la vie… », « Défendez le sacré »… Il y avait aussi des drapeaux de certaines nations indiennes et d'autres, américains, qui flottaient à dessein à l'envers, en signe de détresse et d'appel à l'aide, comme les soldats étaient parfois amenés à le faire. Les manifestants progressèrent vers la Highway 1806 où, une fois sur place, ils se répartirent pour former une masse homogène, occupant la voie d'accès sur toute sa largeur. La plupart étaient à pied mais certains avaient enfourché leurs chevaux qui piaffaient sagement. Des dizaines de téléphones portables filmaient l'événement et le transmettaient en direct sur certains réseaux comme Facebook Live. Lisa avançait en tête, portée par ses voisins, fascinée par ce mouvement large et calme, sans aucune appréhension de ce que la suite pouvait lui réserver.

D'abord placées au travers de la route, des meules de foin furent enflammées. Au milieu des murmures, des prières montèrent, de longues plaintes sourdes et déchirées, comme des cris. Chacun se recueillait avant ce qui allait de toute évidence prendre la forme d'un affrontement dont seule l'intensité demeurait une inconnue. Au loin résonna le bruit strident de plusieurs sirènes simultanées. Un cordon interminable d'officiers de police locaux et fédéraux, équipés de matraques et de casques à visière, cravate sombre sur chemise noire ou beige, apparut au loin à l'horizon, débouchant de derrière une colline herbeuse. Légèrement en retrait derrière eux se tenaient des soldats de la Garde nationale en tenue de camouflage. Les hommes se rapprochèrent méthodiquement, un pas après l'autre, en formant une ligne de crête menaçante, soudée, inflexible. Se profilèrent alors toutes sortes de blindés, une quinzaine en tout, dont plusieurs véhicules de l'armée couleur sable et un fourgon noir surmonté d'une antenne parabolique destinée aux communications en temps réel avec l'état-major. Le feu sur la route qui, hormis deux ou trois véhicules isolés, constituait le seul rempart matériel à l'avancée des forces de l'ordre fut nourri d'autres matériaux, morceaux de bois, bouts de plastique, objets arrachés d'on ne sait quoi. Une épaisse fumée et des crépitements de matière chauffée à blanc s'élevèrent. Brutalement, le vrombissement des pales d'un hélicoptère déchira le ciel. À travers un haut-parleur, l'officier en charge des opérations s'efforçait de rester calme :

– Reculez ! Regagnez la partie sud du camp. Rien ne vous sera fait si vous reculez dans la zone autorisée. Laissez-nous éteindre ce feu. Ne vous en chargez pas. Évacuez la route. Je répète : évacuez la route…

Les prières se firent tendues, essentielles. Il s'y mêlait maintenant des cris de révolte.

– Le monde entier vous regarde, hurla un homme qui tenait son téléphone à bout de bras.

Des pneus, atterrissant dans les flammes, provoquèrent une épaisse fumée noire, intoxicante. Les soldats et la police poursuivaient leur avancée, inexorablement, le long cordon qu'ils formaient amortissant avec précision tous les dénivelés du terrain. Dans la foule, on ne bougeait toujours pas. Les manifestants et les forces de l'ordre furent soudain à quelques mètres les uns des autres. L'officier responsable continuait ses psalmodies sereines :

– Reculez ! Regagnez la partie sud du camp. C'est votre dernière chance !

Le cordon gouvernemental, bien que plus lent à présent, avançait sans faiblir et fut bientôt sur les *Water Protectors*. Les policiers avançaient d'un pas, les manifestants reculaient d'autant. Pied après pied. Visage contre visage. Les matraques entre les poings des policiers étaient de plus en plus menaçantes mais les visages en face ne témoignaient d'aucune crainte, bien au contraire. À côté de Lisa, une femme admonesta un policier – de toute évidence un Amérindien qui, comme ses autres collègues, ne portait ni badge ni numéro d'immatriculation qui aurait permis de l'identifier :

– Nous sommes venus du monde entier pour

défendre la vie. Est-ce pour cela que tu es venu, toi ? Ou bien est-ce pour frapper tes semblables au lieu de les défendre et de les protéger ? De quel côté es-tu exactement ? Du côté de tes frères ou du côté de ceux qui les exploitent et qui les tuent ? Souviens-toi de qui tu es !

Cela dura une demi-heure, ces avancées méthodiques, cette valse hésitation sur un mode ralenti qui frisait un peu le ridicule, un pas en avant pour les uns, un pas en arrière pour les autres, et bientôt, sans que l'on sût réellement pourquoi ni comment, ce fut l'effervescence et le chaos. Au milieu du brouhaha, il y eut certainement un cri plus fort que les autres, un ordre donné, qui sait, mais personne ne semble aujourd'hui s'en souvenir vraiment. Les policiers se mirent à charger indistinctement, dans toutes les directions. Des injonctions, des cris de rage, des hurlements de douleur fusèrent en tous sens, ajoutant de la confusion à une confusion déjà grande. Dans un même mouvement, les plus proches des participants s'égaillèrent mais la majorité continua de faire face avec détermination à l'assaut. Des dizaines de personnes furent jetées au sol, menottées, arrêtées, plus tard poussées sans ménagement à l'intérieur de fourgons cellulaires. En contrebas de l'autoroute, à même la prairie, des grenades lacrymogènes explosèrent dans un souffle, provoquant d'épaisses traînées semblables à des cumulonimbus blancs et joufflus.

Lisa, à moitié aveuglée par les gaz, se mit à courir. Bientôt, elle sentit une poussée contre ses reins, une pression affreuse qu'elle ne réussit pas à identifier immédiatement. Elle tomba à genoux, ses mains percutèrent le sol, l'empêchant de s'écrouler. Elle se retourna un bref instant et comprit : les forces de l'ordre avaient déclenché leurs canons à eau et en bombardaient les manifestants pour les contraindre à reculer. Lisa se releva, ses yeux la brûlaient de plus en plus, elle avançait pratiquement à l'aveugle. Ses pieds heurtèrent le corps d'un homme qui venait de tomber sous le poids de l'eau et peinait à se relever. Elle trébucha à nouveau. Cette fois, son corps s'abîma contre le sol sous la violence du choc. Tout devint sombre et confus. Elle sentit qu'on la tirait par les aisselles. Elle se vit soulevée de terre, ses mains s'accrochèrent à un bras puis à une épaule ; sa tête brinquebalante allait et venait contre la poitrine de celui ou celle qui l'avait relevée. Quand ils furent loin du bruit, ils s'arrêtèrent de courir. Le corps de Lisa retomba à terre, inerte, et elle s'évanouit.

Lorsqu'elle reprit ses esprits, quelques secondes plus tard, un homme était penché sur elle. D'un geste, il se débarrassa du masque à gaz qui le protégeait. Il devait avoir trente ans, des taches de rousseur éclataient partout sur son visage qui trahissait une exposition prolongée au soleil et au grand air. Ce qui chez lui était le plus remarquable étaient ses yeux vairons, l'un très bleu, l'autre très vert, qui lui donnaient un regard dérangeant, difficile à soutenir longtemps. Il décrocha de sa ceinture une bouteille en plastique remplie de sérum physiologique et en aspergea les yeux de Lisa.

– La petite demoiselle avait envie de se payer l'armée ? Mais ça fait mal l'armée, hein ? dit-il en éclatant de rire. Tu as de la chance, la semaine dernière ils avaient amené des chiens et une camarade y a laissé un bras. Tu es plutôt chien ou chat, toi ?

Lisa porta la main à son visage. Elle voulut s'essuyer les yeux. D'une tape sur les doigts, il l'en empêcha.

– Pas touche.

– C'est mes yeux quand même.

– Plus pour longtemps si tu les frottes.

– Tu es qui ?

– Steven. De New York. Activiste écologiste. Et toi ?

– Lisa. De Middletown. Stagiaire.

Puis, elle ajouta dans un demi-sourire :

– Merci.

Joe passait de plus en plus de temps en dehors de la maison familiale. Régulièrement – cela lui était arrivé près d'une dizaine de fois dans les vingt derniers jours –, il s'échappait de chez lui, après s'être toutefois assuré que ses deux enfants s'étaient bien endormis. Il fréquentait certains bars de la région, non pour y consommer de l'alcool mais, paradoxalement, pour s'y retrouver seul, enfin face à lui-même. Parfois il mangeait en ville ou dans sa périphérie proche, il s'était entiché des côtelettes de porc à la sauce barbecue du Famous Dave's, il ne manquait jamais non plus une occasion d'accepter les invitations à boire un verre que lui lançaient des ouvriers de son équipe. Sandy lui faisait peur à présent, du moins était-ce le nom qu'il mettait sur le sentiment mitigé qu'il ressentait à son égard. Il n'y pouvait rien, c'était un état de fait qui le dépassait, le vrai mystère résidant dans la vitesse à laquelle ce bouleversement s'était produit. Rien en elle n'avait changé. C'était lui qui la voyait différemment, peut-être enfin sous son vrai jour, se disait-il. Quelque chose s'était passé qui ressemblait à une révélation ou, plus exactement, à une prise de conscience. Il en était convaincu, ce sentiment avait toujours été là, immobile et muet, mais il s'était révélé à lui tel un serpent dissimulé dans la chaleur du sable qui se déciderait soudain à s'exposer aux regards et à mordre. Cela l'effrayait de sentir qu'il n'était plus aussi solidaire et préoccupé de Sandy qu'il l'avait été. Il avait du mal à la tenir dans ses bras, à l'approcher, parfois simplement à la regarder, il mettait de la distance dans tout ce qui la concernait. Il se sentait coupable de ce sentiment et même responsable de la solitude à laquelle il les contraignait l'un et l'autre. Son caractère aussi en avait pris un coup. De débonnaire il était devenu plus tendu et parfois inquiet, surtout en sa présence.

– Tu sais que tu n'es plus drôle du tout, Joe, lui lança un jour Sandy alors qu'elle essayait sans succès de le divertir par une de ces pitreries dont il se serait esclaffé auparavant.

Cela le choqua. Quelque chose était en train de disparaître, il s'en rendait compte. De sa vie, de leur couple, de cet échafaudage familial auquel il tenait tant, en grande partie parce qu'il s'était un jour engagé devant le pasteur de sa paroisse à tout faire pour le maintenir d'équerre. Il en était triste, comme on est triste de voir se désagréger une partie de soi et des habitudes qui y sont attachées, fussent-elles les plus aliénantes. Tout cela était tellement nouveau. Joe n'avait pas coutume de réfléchir à lui, à sa place dans le monde, aux questions essentielles sur le sens que devraient prendre ou non les événements de sa vie. Si des choses mauvaises se présentaient, il y faisait face avec tout le courage et toute la détermination dont il était capable. Sa résolution des problèmes relevait de l'instinct, jamais d'un échafaudage intellectuel ou d'une stratégie de comportement, en tout cas pas de manière consciente. Il voyait bien que l'arrivée de Lisa avait modifié le paysage. Depuis trois semaines qu'il l'avait revue, il n'avait cessé de penser à elle, de désirer la voir ; la carte de visite qu'il avait noircie de son numéro de téléphone était abîmée de toutes les fois où Joe l'avait sortie de son portefeuille et palpée et triturée et écornée, sans jamais parvenir à en faire usage. Il ne voulait rien interpréter non plus. L'idée, par exemple, qu'il en serait subitement tombé amoureux – si toutefois cela était vrai – ne l'effleurait même pas, il y avait tout de même des barrières que son surmoi ne parvenait pas à franchir.

Et puis, un soir, alors qu'il se tenait immobile sous le jet glacé de sa douche, se rafraîchissant de la chaleur d'une journée torride de juillet, il se décida à l'appeler. Tout fut si facile. Elle accepta de le rencontrer le soir même. À l'heure qu'il souhaitait. Oui, elle aussi aurait grand plaisir à le voir. La simplicité avec laquelle toutes ces réponses s'enchaînèrent le rendit euphorique.

Lisa lui donna rendez-vous au Kinky Boots, un établissement situé à l'extérieur de la ville dont il avait régulièrement entendu parler, tous les ouvriers de son équipe le connaissaient et certains en avaient été des clients fidèles. À une époque il hébergeait un club de strip-tease, mais la désaffection de la clientèle masculine après la décote du baril de pétrole, couplée à une législation drastique en matière de vente d'alcool dans ce type d'endroit, l'avait détourné de sa vocation primitive ; depuis le mois de mai dernier, il était redevenu un simple bar. À l'intérieur, l'ambiance était morose et même un peu pathétique. Trois types – des ouvriers du pétrole à l'évidence – étaient accoudés au comptoir métallique et tous les trois se retournèrent sur Joe à son arrivée, de manière un peu plus appuyée qu'il est normalement nécessaire pour identifier un nouvel arrivant, estima Joe, qui se sentit ridicule d'être ainsi reluqué des pieds à la tête. « Eye of the Tiger », la chanson du film *Rocky III*, résonnait bruyamment dans les haut-parleurs. Un des types, la cinquantaine amochée, visiblement ivre, hurla en levant sa pinte de bière comme un trophée :

– Rocky Balboa est le putain de plus grand Américain de tous les temps.

– Ce putain de Rocky Balboa n'existe pas dans la vraie vie ! vociféra à son tour un type blond beaucoup plus jeune, qui se tenait à deux ou trois mètres de lui.

Le plus âgé parut estomaqué de cette révélation. Joe, de son côté, fut soulagé d'apercevoir Lisa qui, du fond de la salle, agitait la main à son intention. Il s'approcha. La jeune femme était assise sur un canapé rose en forme de cœur et sirotait avec volupté un cocktail orange fluo, qui paraissait presque incandescent dans cette lumière tamisée à l'excès. À côté d'elle, en contrebas de l'estrade où elle était perchée, une table de bière-pong était recouverte d'un drapeau arc-en-ciel.

– C'est quoi cet endroit, Lisa ?

Elle regarda autour d'elle avec une mine amusée.

– C'est un bar gay, Joe. C'est même le seul bar gay à la ronde. Le plus proche est à Billings, à cinq heures de route, si ça t'intéresse.

Dans un État où il était légal de se marier avec une personne du même sexe mais où l'on risquait de se faire licencier si l'on affichait sa photo sur son bureau, l'homosexualité n'était pas vraiment entrée dans les mœurs, en tout cas pas dans celles de gars comme Joe. Il jeta un œil vers le bar. Les regards appuyés des trois types prirent soudain tout leur sens à ses yeux. Il ressentit une pique de virilité offensée.

– Ils ne vont pas te manger, Joe. Je ne suis même pas sûre que tu sois leur genre.

Joe se tourna vers elle et la regarda bizarrement.

– Quoi ? demanda-t-elle.

– Et toi ? Tu...

– Non, je ne suis pas devenue lesbienne, si tu veux savoir. Quoique des fois je me demande si ce ne serait pas plus cool après tout.

Joe fronça les sourcils.

– Franchement, c'est le seul endroit de la région où je peux boire un verre sans me faire emmerder par un péquenaud.

Joe, encore médusé, demeurait debout.

– Assieds-toi, bon sang, lui ordonna-t-elle.

Il obéit. Il y eut quelques secondes de silence inconfortable. Lisa fut la première à briser la glace.

– Dis-moi, Joe, elle va bien Sandy ? demanda-t-elle doucement, en se penchant vers lui. C'est à peine si elle m'a reconnue l'autre jour.

Joe la regarda fixement. Allait-il lui mentir, comme il le faisait systématiquement depuis deux ans quand on lui posait des questions sur sa femme ?

– Non, elle ne va pas bien, Lisa. Elle est... elle est malade. Elle a fait un AVC, ça l'a complètement... détraquée, dit-il en faisant tourner légèrement son index contre sa tempe.

Le dire ainsi, de but en blanc, de manière un peu vulgaire mais qu'importe, à Lisa en particulier, qui les avait si bien connus l'un et l'autre, donna une tout autre couleur à la réalité de son existence. Réussir pour une fois à mettre des mots sur ce qui n'était d'ordinaire que vaguement évoqué, des mots a priori offensants et donc interdits, accentuait ce qu'il ressentait depuis trois semaines. Il raconta la pré-éclampsie, l'excès de pression artérielle, les circonstances précises de l'accident vasculaire qui avait suivi. Il osa avouer les manquements de Sandy, cette folie qui s'emparait d'elle de manière erratique et qui le laissait sur le flanc. Lisa ressentit une profonde empathie.

– Heureusement j'ai mes enfants. Et puis ce n'est pas tous les jours l'enfer, loin de là, dit-il en éclatant d'un rire embarrassé. J'ai mon boulot aussi. J'adore mon boulot, il me rend heureux.

– Ton boulot dans le pétrole ? fit Lisa avec un sourire moqueur.

– Oui, mon boulot dans le pétrole.

Lisa regardait ses pieds.

– Qu'est-ce qu'il y a ? demanda Joe.

– J'ai du mal à croire qu'on puisse être heureux en bousillant la planète mais bon…

– Lisa, je sais ce que tu penses. De mon job, du pétrole, du *fracking*. Tout ce que je dis c'est que le pétrole a sauvé des types comme moi. On serait rien sans ça. Et puis, l'industrie a toujours fait des dégâts collatéraux.

– Au point de provoquer des raz-de-marée, des tsunamis, des tremblements de terre à répétition ? Tu sais quand même que la terre tremble de plus en plus ?

– OK.

– OK, quoi ?

– Le réchauffement climatique maintenant.

– Oui, Joe, le réchauffement climatique maintenant, plus que jamais. En plus de tout le reste.

– Franchement, Lisa, je n'ai pas envie de discuter de ça avec toi. Ça fait vingt-quatre ans que je te connais et ça fait au moins douze ans qu'on s'engueule là-dessus.

– Douze ans ?

– Tu as toujours été précoce, tu sais.

Elle le regarda de manière étrange. Il sentit qu'il avait sorti une ânerie.

– Ce n'est pas ce que je voulais dire.

Lisa éclata de rire. Elle posa sa main sur sa cuisse et le regarda dans les yeux.

– Écoute-moi, Joe. On va boire. On va même beaucoup boire. On va sortir d'ici complètement bourrés, figure-toi. Et après on ira se taper un joint. Ça te dit de te bourrer la gueule et de te faire un pétard ?

– Ça m'a l'air pas mal comme programme, répondit Joe, rayonnant.

Comme prévu, ils burent beaucoup, ils dansèrent aussi. Les trois hommes du bar ne tardèrent pas à descendre de leurs tabourets pour se trémousser à leurs côtés. À un moment donné, Lisa, par pure malice, dut bousculer Joe vers l'avant, toujours est-il qu'il se retrouva dans les bras du plus vieux et parvint à y rester cinq bonnes secondes. À cet instant précis, Joe, même s'il en rigolait de bon cœur, sentit clairement que la soirée avait atteint une sorte de climax inégalable et il eut envie de fuir. Que pouvait-il effectivement se passer de plus extraordinaire et inattendu que Joe Jenson dansant une sorte de quadrille disco avec un ouvrier du pétrole qui aurait pu être son père, sur « It's Raining Men » des Weather Girls ? Il se dirigea en chancelant vers Lisa.

– Alors, on va le fumer, ce foutu pétard ? réussit-il à ânonner.

Ils se réfugièrent dans sa voiture pour tirer sur un stick d'herbe pure et, une fois qu'il fut bien défoncé, Joe se tourna vers la jeune femme et déclara, la bouche pâteuse :

– Lisa, je voudrais te montrer un putain de truc hallucinant. Ça te dit ?

Elle leva les sourcils et ouvrit les deux mains, paumes tournées vers le ciel, comme si de sa vie elle n'avait rien espéré d'autre que cette proposition impromptue.

Ils se mirent en route et atteignirent rapidement la Highway 85. Le silence à l'intérieur de l'habitacle et la nuit tout autour étaient si profonds que Lisa ne tarda pas à s'assoupir. Sous l'effet de l'alcool, de la drogue, de la présence tranquille de la jeune femme à ses côtés, Joe eut l'impression qu'il était en train de s'émanciper de son enveloppe charnelle et de flotter doucement. Boire autant, fumer un joint, prendre la voiture sur un coup de tête pour découvrir un endroit secret, il réalisa que non seulement il n'avait jamais rien fait de tel avec Sandy – même avant sa maladie – mais que cela ne lui serait pas venu à l'idée. Il se souvint que Lisa avait toujours eu le don de provoquer chez les gens – chez lui spécialement – quelque chose qui les exposait à s'extraire de leur routine. Elle me met hors de moi, se dit Joe en ricanant du double sens.

Au bout d'une demi-heure de route, Joe arrêta le véhicule et toucha légèrement l'épaule de la jeune femme. Lisa ouvrit les yeux, désorientée, et se redressa sur son siège. Ils se trouvaient en pleine campagne, il n'y avait plus de route, plus de lampadaire, plus d'habitation, toute trace du monde tel qu'il est avait disparu excepté, à deux cents mètres devant eux, un cimetière de voitures violemment éclairé par la lumière blanche de la lune. Ils sortirent, osant à peine faire claquer leurs portières, et s'avancèrent. Le ciel étoilé était pur, profond et vaste, la Voie lactée y dessinait une masse blafarde et argentée. En se rapprochant, on comprenait que dans cet enchevêtrement de véhicules, le nombre de mobil-homes et de caravanes était bien supérieur à celui des voitures individuelles.

– Certains gars du pétrole campaient ici, à cause des

loyers. Quand ils sont partis, ils ont tout laissé derrière eux, expliqua Joe.

– J'adore cet endroit, dit Lisa en regardant devant elle.

Elle avança de quelques pas, fascinée.

– Vive la décadence de l'Amérique ! hurla-t-elle, les deux mains en porte-voix.

Soudain, elle se mit à courir.

– Attrape-moi.

Elle fut vite hors de vue. Joe mit du temps à trouver l'énergie pour la poursuivre. Quand il se décida enfin, il avança à l'aveugle, se laissant uniquement guider par les sons qui lui parvenaient de la jeune femme. Les figures cabossées des véhicules émergeaient de l'obscurité, luisantes, sordides, comme les proues de navires naufragés dans un océan de métal et de détritus. Toutes les portes des mobil-homes étaient ouvertes. Quantité d'ordures jonchaient les sols de linoléum. Des tables étaient encore mises, assiettes et couverts, d'autres croulaient sous des piles de papiers dont certains semblaient être de sages devoirs d'école. Il restait de la vaisselle sur des étagères, des vêtements dans des armoires, des livres sur des rayonnages. Joe marcha sur un jouet d'enfant qui couina et ce son lui parut terrifiant. Les choses de la vie quotidienne paraissaient en place mais quand on y regardait de près, on voyait bien que rien n'avait résisté, tout était ébréché, en lambeaux, seule subsistait la mémoire sale de ce qu'elles avaient été un jour. En entrant dans l'une des caravanes, Joe heurta du pied quelque chose de mou. Un homme barbu, hirsute, les yeux chassieux, se releva en maugréant comme un diable animé au bout d'un ressort. Joe hurla de terreur puis bafouilla des excuses piteuses. Lisa, entendant son cri, se rapprocha. Joe apparut dans l'encadrement de la porte et sauta à terre. Il fut tellement heureux de retrouver la jeune femme qu'il la prit dans ses bras.

– Putain, j'ai eu super peur, lui glissa-t-il à l'oreille.

Lisa rigolait à gorge déployée. Joe eut brutalement envie de l'embrasser. Il approcha ses lèvres, elle tourna la tête et s'échappa vivement de son étreinte en s'esclaffant toujours. Ils rejoignirent la Jeep dans un silence qui devint vite pesant. Une fois assis, Joe se tourna vers Lisa.

– Je suis désolé.

– T'inquiète.

Mais il continuait de la regarder.

– Non, t'inquiète, Joe, je t'assure. Ça m'arrive tout le temps ce genre de trucs, tu sais.

Joe n'était pas sûr d'aimer ce que Lisa venait de lui dire. Il s'en voulut de ce qu'il avait provoqué. Il était honteux, perdu surtout, incertain de sa volonté, de ses envies, de son désir, de ce qui allait se passer pour lui, dans les cinq prochaines minutes comme en l'espace d'un an. Il démarra à contrecœur. Il aurait voulu continuer à parler, à s'excuser, à tenter de légitimer ce stupide baiser par l'excès d'alcool et de drogue, mais Lisa s'était réfugiée dans ses pensées. Était-ce d'avoir déambulé dans un cimetière de voitures dont certaines avaient été fracassées dans des accidents de la route, l'image de son frère lui revint en tête.

– Tu étais où ce soir-là, toi ? demanda-t-elle.

– Ce soir-là ?

– Le soir où Matt… Enfin…

Joe éprouva un picotement acide sous la langue, la salive lui manqua.

– J'étais chez moi.

– Ah, dit Lisa calmement, en fixant l'horizon.

La première bête que Karen et Peter avaient perdue à cause du pétrole était un veau âgé de quelques semaines. Ils l'avaient appelé Reveal. Sa mère était morte en lui donnant naissance, les fermiers lui avaient fait une place dans leur chambre et l'avaient patiemment élevé au biberon jusqu'à ce qu'il pût se débrouiller seul. C'était un animal très particulier que ce veau, il avait développé pour Peter une affection déroutante, il le suivait partout, tel un gros chien fidèle. Peter, en retour, éprouvait à son égard l'attachement que l'on ressent pour un animal de compagnie. C'était *son* veau. Aussi, quand Karen l'avait trouvé renversé sur le dos, au creux d'un fossé, elle en avait été presque plus affectée pour son mari que pour elle-même. Les os de la patte avant gauche de Reveal étaient fracassés et saillaient à quatre-vingt-dix degrés de leur position naturelle. Le tissu osseux présentait les signes cliniques d'un début de nécrose, cela devait faire au moins deux ou trois jours qu'il avait été renversé et souffrait de la sorte. Karen avait couru chercher sa carabine et l'avait abattu sur-le-champ, après quoi elle s'était écroulée en larmes aux pieds de la bête. À l'occasion de certaines foires aux bestiaux ou de rodéos organisés dans le comté, il lui était arrivé de tirer au fusil sur des cibles inanimées : c'était loin de l'amuser mais elle ne voulait pas paraître bégueule ou différente des autres. Jamais cependant elle n'aurait pu se résoudre à abattre un être vivant, fût-ce pour lui épargner des souffrances. Traumatisée d'avoir eu à le faire, elle avait attendu deux longues journées pour annoncer à Peter la vérité à propos du veau. C'était il y a six ans, mais l'épisode était encore vivace dans la mémoire de l'un et de l'autre. Depuis, dix-sept autres bêtes avaient subi le même sort, à la différence près que ce n'était plus Karen qui se chargeait du sale boulot, mais son époux.

Après la mort de leur génisse, il y a quelques semaines, quand Karen avait fait à Lisa la promesse de ne plus se laisser faire, elle ne savait pas sur quelle réalité ces mots allaient devoir s'appuyer. Sa visite aux Caubet, qui aurait pu constituer une étape décisive dans cette stratégie offensive, l'avait épuisée et, plus que tout, abattue. Hormis de douloureuses incertitudes et d'inutiles regrets, rien de bien ne pouvait découler d'une telle confrontation, elle en était convaincue. Persévérer à harceler le jeune Bishop chez Global

Resources n'était pas plus une option. Cela ne l'amusait plus – si tant est que ç'ait un jour été le cas – et, au bout du compte, la vacuité de la démarche finissait toujours par la mettre hors d'elle. Elle avait aussi contacté Don Jorgenson du Dakota Farmers Council, un ami fidèle, mais Don n'avait aucune proposition à lui faire, hormis de renouveler sa cotisation annuelle – ce qu'elle n'avait pas fait depuis trois ans – et de tenir bon. Elle avait alors appelé le shérif du comté, qui s'était présenté chez eux trois jours plus tard, et lui avait exposé le corps délabré de sa génisse avant de lui hurler au visage tout le mal qu'elle pensait de son inefficacité en matière de protection de la propriété privée de ses concitoyens. L'homme de loi avait visiblement été sinon séduit, du moins secoué par la méthode puisque, dès le lendemain soir, il décrochait son téléphone pour lui annoncer qu'il avait personnellement verbalisé plus de soixante véhicules pour excès de vitesse sur ses terres. Mais c'était il y a un mois et, depuis, aucun signe de vie. Quelques jours après son passage, Karen avait fabriqué une trentaine de panneaux de limitation de vitesse qu'elle avait peints à la main, infatigablement, et plantés l'un après l'autre sur l'étendue de ses pâturages. Tous sans exception avaient été renversés le jour même. Sur l'un d'eux, un dessin grossier de pénis turgescent avait été taggé à la bombe noire. Qu'est-ce que je peux répondre à ça ?

s'était-elle demandé, désemparée, à la vue de ce gribouillage obscène.

En ce dimanche d'été chaud et sec, la moisson battait son plein. Depuis l'aube, Karen, aux commandes d'un tracteur équipé d'une fourche, empilait sur toute la hauteur d'un hangar des ballots de paille cylindriques – des monstres de plus de huit cents kilos et de près de deux mètres de diamètre – qui nourriraient en partie leur bétail à l'arrivée des premières neiges. Depuis quelques jours, un mal de crâne la tenaillait. De plus, elle étouffait sous cette tôle chauffée à blanc. Sa gorge était sèche et lui faisait mal, elle avait dû s'arrêter à plusieurs reprises pour se réhydrater. Elle n'entendit pas la Jeep de Joe pénétrer dans la cour du ranch. À un moment donné, elle orienta son tracteur en direction de l'entrée et il lui apparut, sa silhouette se détachant à contre-jour dans la lumière vive du soleil. Elle coupa le moteur et descendit de son engin. Joe s'approcha doucement. D'abord, elle ne le reconnut pas, puis, au fur et à mesure qu'il avançait et que son visage s'éclaircissait, un pan entier de sa mémoire se reconstitua.

– Joe ? fit-elle, incrédule.

Il marcha vers elle et tendit le bras dans sa direction.

– Oui, madame Wilson, c'est moi, Joe Jenson.

Elle fit aller et venir ses doigts contre le tissu de sa

salopette, de manière mécanique, et ils échangèrent une solide poignée de main.

– J'ai vu la voiture de Lisa. J'ai cru qu'elle était là.

– Elle a pris la voiture de son père ce matin. Elle est à Standing Rock.

Puis, comme si elle tombait subitement de haut :

– Pourquoi est-ce que tu cherches Lisa ?

– On s'est revus, madame Wilson. Deux fois déjà.

– Deux fois ?

Elle s'avança vers l'extérieur, laissant Joe derrière elle.

– J'ai besoin de boire froid, dit-elle en portant sa main à sa gorge. Je t'offre une limonade ?

– Avec plaisir.

Soudain, elle se retourna.

– Tu n'es pas marié, toi ?

– Si, répondit Joe, mal à l'aise. Pourquoi ?

– Comme ça, dit-elle en reprenant son chemin.

Quand Karen sortit du hangar, et que son visage passa de l'ombre à la pleine lumière, elle vacilla. Quelque chose qui tenait d'un malaise vagal la terrassa, elle ne sentit plus de force dans aucun de ses membres, la crudité extrême du soleil l'aveugla, elle ferma les yeux et s'écroula lentement, comme une poupée de chiffon.

– Madame Wilson ! hurla Joe en se précipitant sur elle.

Il la rattrapa au dernier moment, l'agrippa par les aisselles, la fit glisser contre lui, contre son torse puis jusqu'à terre, ses mollets heurtèrent le sol de poussière et la tête de Karen atterrit entre ses cuisses. Elle resta inanimée dans cette position quelques secondes, avant de se réveiller de manière laborieuse. Dès qu'elle fut à nouveau consciente, elle voulut se relever.

– Aide-moi, s'il te plaît, dit-elle en appuyant sa main gauche contre le sol.

Elle s'agrippa à son bras, il la releva avec précaution.

– Ça va aller, madame Wilson ?

– Oui, ça va aller. Merci, Joe.

Une fois debout, elle avança d'un pas hésitant vers la maison.

– C'est cette foutue chaleur, dit-elle en s'épongeant le front où perlaient de grosses gouttes de sueur mêlées à des débris de paille. Je ne la supporte plus.

Ils entrèrent. Elle lui désigna une des chaises de la cuisine.

– Assieds-toi.

Il s'exécuta. Elle prit deux verres sur une étagère puis, du revers de la main, elle s'essuya à nouveau le front.

– Alors, toujours dans le pétrole, Joe ?

– Toujours, oui.

– Qu'est-ce que vous en construisez, des puits, hein ? C'est dingue, ça n'arrête jamais, dit-elle, les yeux dans le vague, comme si elle se parlait à elle-même.

Joe se tassa sur son siège. Karen ouvrit la porte du

réfrigérateur à la recherche d'une brique de limonade. Il regarda autour de lui. Il n'était pas venu dans cette maison depuis plusieurs années. Il fut surpris de constater combien les choses y avaient si peu changé. Au lieu de le rassurer, cette pensée le mit mal à l'aise. Joe se souvenait de ces pans de tapisserie arrachés par les petites mains de Matt puis celles de Lisa, de la toile cirée grossièrement ravaudée avec du scotch en plusieurs endroits, des morsures infligées à la partie inférieure de tout le mobilier par des générations successives de chiens. Tout était si vieux, si délabré, si peu de soin était apporté à ce que les choses soient en ordre ou sentent un peu meilleur, comme si les propriétaires des lieux avaient abdiqué d'y vivre bien ou même légèrement mieux.

– C'est la troisième fois que ça m'arrive cette semaine, dit Karen en posant sur la table les deux verres et la limonade.

– Vous avez vu quelqu'un ?

– Quelqu'un ?

– Un médecin ?

– Ah oui, un médecin, bien sûr. Qui me dira de prendre du fer. Ou de ralentir le boulot. Ou de manger un peu plus. Non merci. Et puis, si tu veux savoir, mon banquier et mon médecin ne sont pas les meilleurs amis du monde ces temps-ci.

Joe acquiesça, légèrement honteux. La misère des

autres le terrifiait. Bien qu'il fût pour l'instant hors d'atteinte de toute précarisation, il s'y projetait avec angoisse, comme s'il était personnellement concerné par cette dévaluation dégradante de la personne. Sans doute ne réfléchit-il pas assez aux conséquences de son geste, il sortit son portefeuille de la poche arrière de son jean et en tira six billets de cent dollars. Il en extirpa trois de la liasse et les poussa du bout des doigts vers Karen.

– Faites-moi plaisir, madame Wilson, allez voir quelqu'un, dit-il en replaçant les trois autres coupures dans son portefeuille.

Karen repoussa l'argent d'un geste. Les trois billets glissèrent sur la table, à mi-chemin entre eux deux. Joe était tétanisé.

– Vous croyez tous que c'est une question d'argent, n'est-ce pas ? commença Karen.

– Je suis désolé, madame Wilson. Je ne pensais pas…

– Je n'ai rien contre toi, Joe, tu es plutôt un gentil garçon, en tout cas c'est le souvenir que j'en garde. C'est juste que tu profites d'un système qui, moi, me cuit à petit feu. Je me rappelle qu'on disait ça du Vietnam autrefois : « La guerre, certains en meurent et d'autres en vivent. » Au fond, les choses ne changent jamais. Je comprends ton intérêt à faire ce que tu fais, le pétrole, le *fracking*, ça te rapporte de l'argent, enfin j'espère, et même de l'argent que tu es prêt à me redonner, visiblement. Comme une sorte de compensation ou je ne sais quoi. Mais est-ce que tu comprends que nous, ça nous écorche vraiment ? Ce n'est pas seulement le fait que dix-huit de mes bêtes y sont passées, c'est surtout qu'installer tous ces puits sous mon nez, c'est me cracher à la figure et m'obliger à vivre avec l'idée que je suis une moins que rien. Ta vie ne vaut pas grand-chose, Karen Wilson, tes vaches ne valent pas grand-chose mais toi non plus tu ne vaux pas très cher, peut-être encore moins que tes bestiaux puisqu'on ne peut même pas te refourguer aux équarrisseurs, voilà ce que j'entends dans ma tête à longueur de journée. Tout n'est pas toujours une question d'argent, Joe, il y a aussi cette putain de morale et de dignité.

– Madame Wilson, je compatis mais ce n'est tout de même pas ma faute si…

– Bien sûr que si, c'est de ta faute, Joe, le coupa-t-elle en élevant la voix. C'est un système entier qui est en cause, tu es un tout petit rouage de ce système mais tu es un rouage que tu le veuilles ou non. Sans toi ou un autre comme toi, il n'y aurait pas ces puits. Tous les Joe Jenson qui acceptent de faire ce boulot, qui collaborent ensemble pour créer la longue chaîne qui permet d'y arriver, c'est ça le système. Il manque un maillon, un seul, et tout cesse brutalement de fonctionner. Je le connais, ce coup du responsable mais pas coupable, les Caubet m'ont chanté le même refrain quand je suis allée les voir. Accepte au moins ça et tâche de vivre avec, comme tu peux, c'est ton problème, pas le mien. Oui, accepte les conséquences de tes actions, mon garçon.

Cette dernière phrase résonna bizarrement aux oreilles du jeune homme, comme un signal que lui aurait envoyé Karen sans en avoir conscience.

– Tu sais, reprit-elle, on aurait pu être du même côté. Ce n'est pas une question d'éducation, ni de culture, ni d'intelligence, non, c'est uniquement une question de chance et de hasard. Il n'y aurait pas eu de sécheresse en 1952, la famille de Peter n'aurait jamais été obligée de revendre les droits de ses terres. Ça remonte à aussi loin, tu comprends ? À une foutue sécheresse d'il y a soixante-cinq ans. À cause d'un caprice de la nature, je me retrouve d'un côté de la barrière et toi de l'autre.

Elle le regarda avec insistance et ajouta méchamment :

– Il faut que tu comprennes une chose, Joe. Lisa aussi est de l'autre bord. Derrière sa famille. Pas du tout de ton côté à toi.

Joe se leva. Les pieds en métal de sa chaise raclèrent le carrelage.

– Il faut que j'y aille, madame Wilson.

Elle désigna d'un coup de tête les trois billets de cent dollars sur la table.

– S'il te plaît, n'oublie pas ton argent, Joe.

Il comprit qu'il lui fallait les ramasser, ces maudits billets. Il se détestait de tout gâcher tout le temps avec les Wilson, mère ou fille. Il attrapa les dollars d'une main solide, les froissa en boule dans sa paume et les mit sans précaution dans la poche avant de son pantalon comme de vulgaires bouts de papier. Puis il sortit sans un mot de la cuisine. Karen resta assise, sirotant lentement son verre de limonade. La sensation glacée du liquide citronné dans sa gorge lui fit du bien.

Peter entra quelques minutes plus tard.

– C'est bien Joe Jenson que j'ai croisé ?

– Il cherchait Lisa.

– Ah bon ? fit-il, surpris. Et pourquoi donc il la chercherait ?

– C'est exactement ce que je lui ai fait comprendre, répondit Karen.

Lisa sentit brusquement que son corps lui échappait. Le courant de la rivière Missouri l'emportait peu à peu vers l'aval. Ténu au départ, il se montrait virulent à présent. Le vortex s'enroulait délicatement autour de ses jambes, de son torse, de ses bras, l'enveloppant dans des turbulences qui auraient pu être agréables si elles n'avaient pas été aussi dangereuses. La jeune femme se ressaisit, essaya de regagner le rivage à quelques mètres mais le flot était trop puissant, tout ce qu'elle tentait pour le contrecarrer ne faisait que l'éloigner encore plus.

– Steven ! hurla-t-elle, affolée.

Le jeune homme nageait un peu plus loin en amont. Il se retourna et identifia sa panique. En quelques mouvements assurés, porté par le courant ascendant, il progressa rapidement dans sa direction. À l'endroit où se trouvait Lisa, les flots dessinaient des creux et des volutes inquiétants. Le bras droit de Steven enlaça la taille de la jeune femme, il la plaqua violemment contre lui, se plaça légèrement sous elle et commença à la remorquer en déployant une énergie considérable pour nager à contre-courant à la seule force de ses jambes et de son bras gauche. Le visage de Lisa disparaissait régulièrement, avalé par les remous. Elle se laissait traîner comme une poupée sans vie, évitant le moindre mouvement qui aurait pu déstabiliser Steven et les mettre tous deux en péril. Au prix d'efforts incroyables, le jeune homme parvint à remonter le fleuve et ils furent bientôt hors de danger. Ils sortirent de l'eau en suffoquant, tête baissée, bras ballants, leurs corps nus ruisselant sous la lumière froide de la lune. Ils s'affalèrent hors d'haleine sur la couverture de laine brune qu'ils avaient installée en débarquant sur cette langue de terre isolée.

– Ça fait deux fois que je te sauve la vie, haleta Steven, avant d'éclater de rire. Je vais commencer à me faire payer pour service rendu.

La jeune femme, encore terrorisée de l'aventure, ne répondit rien.

Lisa et Steven avaient couché ensemble le lendemain de leur rencontre sur la Highway 1806. Lisa n'avait pas pour habitude de se donner aussi rapidement au premier venu. Un long et pénible état des lieux de ses relations sentimentales faisait qu'elle se méfiait désormais de ses goûts en matière d'amants, elle redoutait tout particulièrement ceux pour lesquels elle éprouvait de l'admiration, même vague, et Steven en faisait partie. Il est clair que Lisa s'attachait toujours aux mauvais types, elle avait le chic pour ça, ou bien était-ce un manque de discernement ? Suivant le principe du « Tu me fuis, je te suis » – qui fonctionnait pour elle dans les deux sens –, elle refusait ceux qui auraient pu lui faire du bien et s'accrochait à ceux qui lui étaient nocifs ou lui déniaient son attention. Et une fois de plus, elle le savait, ses capteurs émotionnels internes l'avaient détecté et admirablement cerné, ce Steven était loin de représenter le petit copain idéal. Sous des abords décontractés et bienveillants, il ne pouvait que l'agacer, la rendre confuse, la déstabiliser, la faire se sentir inférieure. Il parlait fort, de façon souvent véhémente et autocentrée, il lui coupait sans cesse la parole, se glorifiait régulièrement de ses actions et de ses victoires, sur le terrain de l'écologie comme sur celui de son intimité amoureuse avec plein d'autres filles. Son humour était douteux la plupart du temps, en tout cas le plus souvent incompatible avec la vision qu'elle avait, elle, des choses comiques.

– Moi j'aime Kerouac, Kafka et Keats. C'est mon petit panthéon intellectuel personnel. Mon KKK à moi, si tu veux.

Lisa trouva la comparaison d'assez mauvais goût, mais c'était trop tard, elle était déjà accrochée à l'énergumène et rien ni personne n'aurait pu lui faire entendre raison. Alors, pour se divertir, ou simplement pour exister à ses côtés, elle tentait de l'asticoter à tout bout de champ, ce qui était loin de constituer une stratégie commode avec un type comme lui.

– Tu es un mâle blanc américain, tu ne peux pas parler du Ku Klux Klan de cette façon-là.

– Et toi, tu es une petite bourgeoise coincée. Tu ne peux avoir aucune opinion sur mon intelligence pleine d'ironie.

– Bourgeoise, moi ? Ha, ha !

– Être une bourge, ce n'est pas une question de porte-monnaie, ma petite Lisa, c'est avant tout une question d'état d'esprit. Tu es archi-conventionnelle. Et aussi archi-politiquement correcte. Je parie que tu as voté pour Sanders aux primaires.

– Évidemment que j'ai voté pour Sanders. Pour qui d'autre peut-on voter dans ce foutu pays ?

– Tu vois, qu'est-ce que je te disais ? En fait, tu ne te contentes pas d'être archi-conventionnelle et archi-politiquement correcte, tu es en plus archi-prévisible. Une petite étudiante du Midwest, détentrice d'un master tout frais tout neuf en ingénierie environnementale de l'université de l'Illinois à Chicago, en légère révolte contre ses parents – surtout contre sa maman d'ailleurs –, dcux anciens hippies aujourd'hui un peu losers, deux pauvres ranchers qui au passage se sont fait complètement entuber par les gars de l'industrie pétrolière, elle peut donner sa voix à qui ? Pour qui est-elle formatée à voter, selon toi ?

– Je t'emmerde, Steven.

Il éclata d'un rire qui parut indécent à Lisa.

Plus tard, ils retrouvèrent une bande d'amis de Steven sur le camp Oceti Sakowin, au cœur de la réserve sioux de Standing Rock. Parmi eux, deux jeunes Amérindiens, un homme et une femme. Un feu de camp peinait à éclairer les personnes présentes, leurs silhouettes faisaient comme des ombres furtives, les flammes orange vif dessinaient des figures mouvantes sur les visages et les corps. Plusieurs personnes discutaient à voix basse, de manière sérieuse. Un type assis en tailleur, les cheveux mi-longs, s'empara de sa guitare et entama tout bas « Knockin' on Heaven's Door » de Bob Dylan, tandis qu'une bouteille de mauvais bourbon circulait de main en bouche.

– C'est une blague ? s'écria Lisa en débarquant.

– Pardon ? fit Steven.

– Regarde. Les cheveux du type à la guitare, bordel. Et puis Dylan. Bob Dylan, vraiment ? On est au XXIe siècle, Steven. Tu dis que je suis une caricature mais regardez-vous !

– Rien à voir, Lisa. On peut faire ça parce que précisément on est formatés par rien. Et justement pas par l'industrie du show-business.

– On dirait des *losers de hippies*, ajouta-t-elle en souriant, avec la volonté de faire écho à ce que Steven lui avait dit de ses parents.

– Très drôle, Lisa. Vraiment.

Il s'avança de quelques pas vers le feu, négligemment.

– Sauf que les hippies ont échoué exactement là où nous allons réussir. On est loin d'être dans le même militantisme mou. Et puis on ne se bat pas avec les mêmes armes.

Il avait parlé plus fort, comme s'il souhaitait recueillir l'attention de l'assemblée. Ce fut le cas : tout le monde s'arrêta de parler. Steven avait clairement autorité sur ce petit groupe.

– D'ailleurs, contrairement à ce que les hippies ont toujours refusé, nous on se bat tout court. C'est ça notre force. D'être dans l'action directe et pas dans un compromis idéologique.

La jeune Amérindienne se leva lentement et se posta devant lui, ignorant Lisa.

– Ici on ne se bat pas, Steven, c'est le principe. Tu le sais, non ?

– Je le sais, oui.

– On sait à quoi mène la violence. C'est exactement ce qu'ils attendent en face. Qu'on soit violents pour qu'ils aient la légitimité de l'être encore plus que nous. On doit être exemplaires à chaque instant.

– La violence, ce n'est pas nous qui l'imposons, Myra, c'est ce que leur civilisation nous inflige en créant des zones de sacrifice comme celle qui existe ici. La violence faite à la terre et aux animaux, aux humains comme aux non-humains, elle vient d'eux, pas de nous.

– Je te le répète, Steven, notre action exclut toute violence. Les mouvements non violents sont les plus difficiles à combattre parce que ce sont les plus intraitables.

– Tu crois ça ? fit-il avec un léger mépris. Est-ce que Martin Luther King aurait paru aussi *acceptable* aux yeux du monde si Malcolm X, en face de lui, n'avait pas été si intransigeant et même un peu agressif, politiquement parlant ? Pour un Gandhi, combien d'activistes radicaux aussi connus que lui ont été balayés des livres d'histoire indiens ? Le pacifisme dogmatique ne peut faire autorité que s'il est supporté par une large majorité de la population, ce qui, crois-moi, est loin d'être le cas aujourd'hui. Je ne dis pas qu'il faut se battre à tout prix. Je dis qu'il faut cesser d'avoir une confiance illimitée dans les petites révolutions dites *tranquilles* qui reposent sur la culpabilisation des gens et ne sanctionnent en rien l'establishment politico-industriel et les structures de destruction massive qu'il a organisées. Il faut mettre à sac les systèmes oppressifs au lieu de continuer à essayer de s'en accommoder avec le maximum de bonne volonté et d'intégrité, comme le font pas mal d'écolos bien-pensants en collaborant avec les institutions. Les gouvernements disent vouloir changer les choses en conservant les structures qu'ils ont eux-mêmes mises en place, c'est parfaitement ridicule.

S'il faut occuper le terrain et organiser des actes de résistance, tant pis. S'il faut se battre en détruisant des biens matériels, tant pis aussi. S'en prendre à des objets inanimés qui portent en eux une menace pour les espèces, cela n'a jamais constitué un acte violent en soi. D'une certaine façon, c'est un peu ce que nous faisons ici.

Lisa l'écoutait avec passion. Elle comprenait ce qui l'attirait chez cet homme, en dépit de tout ce qui clochait dans sa personnalité et son caractère. Elle se sentit fière d'être avec lui, fière d'être sa maîtresse. Quelqu'un lui passa la bouteille d'alcool. Elle en but une gorgée au goulot. Cela la fit frissonner. Le type à la guitare entama une chanson de Rickie Lee Jones, « Easy Money ». Elle eut l'impression de revenir chez ses parents, quinze ou vingt ans en arrière. Elle se surprit à fredonner les paroles :

There was a Joe
Leanin' on the back door
A couple Jills with their eyes on a couple bills
Their eyes were statin'
They was waitin'
To get their hands on some easy money…*

---

* « Il y avait un type / Adossé contre la porte du fond / Deux nanas reluquaient les billets / On voyait bien que tout ce qu'elles attendaient / C'était de mettre la main sur ce fric facile… »

La mention du nom de Joe dans la chanson la fit sourire. Elle se souvint du Kinky Boots où ils s'étaient tant amusés. Joe est tellement émouvant, se dit-elle. Exactement l'inverse de Steven, précisa son esprit, quelques secondes plus tard. Elle but encore. Tout fut soudain plus doux et lumineux. Pour la première fois depuis longtemps, elle se sentit en équilibre avec elle-même.

Aux yeux de Lisa, Steven représentait l'archétype de ce qu'elle n'avait jamais eu et n'aurait probablement jamais le courage d'être vraiment. Pour rejoindre le mouvement activiste Green Combat, il avait tout abandonné de sa vie d'avant – ses amis, ses études, son job d'éducateur, ses quatre frères et sœurs, le support financier et émotionnel de ses parents. Il subsistait de petits boulots plus ou moins honnêtes, refusant d'être pris en charge par aucune des rares aides sociales fédérales ou d'État existantes. Tous ses biens tenaient dans son sac à dos. En fonction des actions qu'il était amené à poursuivre, il était hébergé dans tout le pays – parfois à l'étranger – par des militants du mouvement, qui étaient devenus sa nouvelle famille, sa « société de cœur et d'esprit » comme il l'appelait, et avec lesquels il entretenait des liens qu'on aurait pu qualifier de sacrés si cette communauté n'avait pas été si profondément irréligieuse. Lisa, qui se reprochait souvent son confort intellectuel, social et politique, était aveuglée par ce qu'elle désignait comme la « pureté intellectuelle » de Steven. De sorte qu'elle était la cible parfaite de ce type d'individus qui lui renvoyaient en plein visage le poids d'une culpabilité irrationnelle. Même s'il n'en parlait jamais, Steven avait sans doute commis des actes criminels, brûlé des voitures, saccagé des entrepôts, il n'était pas du tout exclu qu'il fût en ce moment même recherché par les autorités, qui sait ? Comment pouvait-elle exister, même un peu, face à cette espèce d'aventurier qui avait absolument tout lâché ? Malheureusement pour elle pourrait-on dire, Lisa ne croyait ni au Grand Soir ni à la Révolution, qu'elle fût permanente ou conjoncturelle. Son pragmatisme idéologique, sa mise en perspective rationnelle du déroulement de l'Histoire la condamnaient à une résilience de raison que Steven passait son temps à appeler sa « lâcheté citoyenne ». À l'inverse de lui, elle croyait fermement aux rouages démocratiques et à ce qu'il qualifiait avec mépris de « petites révolutions tranquilles ». Dans le domaine de l'écologie, par exemple, elle se cantonnait à des douches courtes à faible débit, connaissait par cœur tous les usages de tri des déchets ménagers, n'utilisait que des ampoules basse consommation, son empreinte carbone personnelle était, selon bien des critères, parfaitement acceptable – bien que Steven lui ait démontré par A plus B que tout cela équivalait, selon ses propres mots, à pisser dans un violon, et que seule une action radicale s'imposait désormais. Contrairement à lui, toute forme de violence la répugnait, quand bien même elle s'exercerait à l'encontre d'objets. Steven la déroutait, au sens littéral du terme. Il déviait sa pensée de son cours naturel. À ses côtés, la jeune femme était doublement perplexe, voire effrayée, de la vulnérabilité de son engagement politique actuel et des risques matériels et psychologiques que représenterait pour elle le fait de s'engager aveuglément pour une cause comme il le faisait, lui.

Lisa proposa à Steven de l'héberger pour la nuit. Il ne dit pas non, mais il ne se montra pas enthousiaste non plus, elle en fut un peu meurtrie. Il s'endormit à ses côtés dès qu'ils prirent la route. La nuit était profonde, de pâles étoiles blanches trouaient çà et là le ciel. Ils roulèrent pendant une heure avant de rejoindre l'habitation des Wilson, vers trois heures du matin. Au-dessus de la maison, les flammèches des torchères coloraient les masses filandreuses des nuages de teintes acides vacillant entre le pourpre et le jaune. Des dizaines de puits animés du même mouvement vertical se détachaient contre ce ciel agité et mélodramatique qu'on aurait juré de carton-pâte. Le jeune homme se réveilla au moment où Lisa se garait silencieusement dans la cour du ranch. Il sortit du véhicule et observa le paysage alentour. Les sifflements continus des gaz faisaient comme de longues zébrures dans le silence.

– Comment ils peuvent supporter ça ? fit Steven, inquiet, en reniflant l'air à plusieurs reprises. Comment ils peuvent même s'y habituer ? Ça me dépasse.

Lisa haussa les épaules, referma doucement sa portière et se dirigea vers l'entrée de la maison. Contrarié, Steven la suivit, ouvrit et relâcha brutalement la porte-moustiquaire qui claqua à plusieurs reprises contre le bois du chambranle. Lisa se retourna, agacée par le bruit, mais tenta de n'en rien laisser paraître, par crainte de sembler emprisonnée dans des comportements trop conformistes.

– Tu veux boire quelque chose ? demanda-t-elle à voix basse.

– J'ai juste envie de m'écrouler, répondit Steven d'une voix forte, refusant de se rendre à l'évidence que les parents de Lisa étaient endormis au-dessus de leurs têtes.

Alors qu'ils se dirigeaient vers l'escalier, des pas légers se firent entendre à l'étage. Karen apparut pieds nus en haut des marches, créant une situation confuse et embarrassante, en particulier pour les deux femmes.

– C'est bon, maman, on va se débrouiller.

Malgré les recommandations de sa fille, la mère descendit quelques marches. Steven la fixait de ses yeux vairons. Karen fut décontenancée par ce regard, plus dérangeant que jamais.

– C'est bon, je te dis, retourne te coucher, s'il te plaît, insista Lisa.

Karen s'entêta à rester. Elle portait un T-shirt effiloché à l'effigie des bières Budweiser et un short ridiculement court qui laissait voir les griffures violacées des nombreuses vergetures courant sur le haut de ses cuisses. Ses cheveux pendouillaient en une masse informe autour de son visage épuisé. Lisa eut honte d'elle.

– Vous êtes qui ? demanda Karen.

Brusquement le jeune homme se mit à sourire et son visage se transforma. Sans un regard pour Lisa, il se dirigea vers sa mère, monta les quelques marches qui les séparaient et lui tendit la main.

– Je m'appelle Steven Byrne. Je suis enchanté de vous rencontrer, madame Wilson. Lisa m'a beaucoup parlé de vous.

Cela fut dit de manière polie et légèrement empruntée. En dépit de ce qu'il était devenu, la sophistication des origines sociales de Steven transpirait. Il avait sûrement en tête d'opposer l'élégance de son comportement au laisser-aller de Karen et d'en tirer quelque humiliation pour la sexagénaire.

– Vraiment ? fit Karen en lui rendant la politesse. Qu'est-ce qu'elle a bien pu vous raconter ?

– Un peu tout. Elle a tiré un grand trait de cinquante années entre la Californie et le Midwest.

– Hum, hum, murmura Karen entre ses dents.

– Très intéressant, insista le jeune homme.

– Vous trouvez ?

– Un demi-siècle d'erreurs politiques fondamentales. Une vaste gabegie, si vous voulez mon avis.

Lisa les observait avec une méfiance grandissante mais elle n'osait rien faire pour le moment.

– Je ne suis pas certaine que votre opinion sur les cinquante dernières années m'intéresse tant que ça, Steven, rétorqua Karen sans colère.

Elle croisa les bras sous sa poitrine, elle connaissait ce genre de type, elle en avait rencontré des tonnes dans sa vie, elle attendait l'estocade.

– Au fond, c'est ce que je disais à votre fille : vous n'avez jamais cessé d'être des victimes.

– Des victimes de quoi, mon garçon ? fit Karen, à la fois agacée et amusée.

– Du système, quel qu'il soit. Du système d'alors. Du système d'aujourd'hui. Du système, quoi.

– Steven…, osa intervenir Lisa, mal à l'aise.

L'embarras de la jeune femme dut l'aiguillonner. Il regarda Karen intensément.

– Comment vous arrivez à vous habituer à tout ça ? dit-il avec une légère arrogance et un geste large de la main.

– C'est bon, réitéra Lisa afin de le calmer.

Mais il eut envie, on ne sait pourquoi, d'aller plus loin, d'enfoncer là où il savait que cela ferait le plus mal chez quelqu'un comme Karen.

– Vous n'avez jamais eu envie de les foutre en l'air, ces putains de puits ? Vous n'avez jamais eu envie de vous rebeller ? Mais de vous rebeller vraiment, pas comme il y a cinquante ans justement ? D'arrêter enfin de subir et de fuir ?

Il la toisait. Karen, estomaquée, mit quelques secondes à réagir.

– Espèce… de… petit imbécile, lâcha-t-elle d'une voix plus lasse qu'agressive.

Elle s'apprêtait à poursuivre dans l'intention probable d'en découdre encore avec Steven quand Lisa s'interposa :

– Pourquoi tu ne remontes pas te coucher, bordel ? vociféra-t-elle.

Karen fut terrassée par la violence de ce qui était ni plus ni moins un ordre. Lisa rejoignit Steven, sa furie ne tarissait pas, elle le prit brutalement par la main et le força à s'engager à sa suite dans l'escalier. Karen dut s'écarter vivement pour ne pas être heurtée de plein fouet par l'un ou l'autre. Arrivée en haut des marches, Lisa lâcha la main du jeune homme et se retourna vers sa mère en laissant de nouveau exploser sa colère :

– Tu m'as pourri mon enfance et mon adolescence, Karen, mais je te jure que tu ne vas pas me pourrir le reste de ma vie.

Elle rattrapa la main de son amant et ils disparurent avec fracas derrière la porte de sa chambre.

Au bout du couloir, toutes lumières éteintes, Peter avait assisté à la scène. Il sortit de la pénombre, se dirigea vers sa femme et la prit dans ses bras en lui caressant les cheveux.

– Doucement, souffla-t-il.

Elle se détacha de lui.

– Tu étais là et tu n'as rien dit ?

Il la regarda avec tristesse. Elle partit se réfugier au rez-de-chaussée puis sortit respirer à l'air libre.

Dans sa chambre, Lisa regardait Steven qui s'était endormi comme une masse, tout habillé. Elle lui caressa la joue. Quand il avait les yeux fermés, son visage s'adoucissait et paraissait presque inoffensif, une impression qui s'évanouissait dès qu'il relevait les paupières et que de son regard vairon il recommençait à scruter les innombrables imperfections du monde. Elle se pelotonna contre lui et posa son bras en travers de sa poitrine. Quelques instants plus tard, elle plongeait à son tour dans le sommeil.

Se réveillant aux toutes premières lueurs du jour, elle s'aperçut qu'elle était seule dans son lit et seule aussi dans sa chambre. Elle se leva en silence, arpenta la maison, puis l'extérieur, avant de se rendre à l'évidence : Steven avait quitté les lieux sans lui laisser aucun message.

Dès 1890, la lignée Jenson, qui avait jusqu'alors péniblement proliféré sur les terres âpres et désolées des côtes norvégiennes, commença en la personne d'Anders Jenson, le trisaïeul de Joe, à profiter des prodigalités du gouvernement américain. Cette percée fulgurante sur le nouveau continent fut essentiellement imputable au *Homestead Act*, une loi votée par Abraham Lincoln en 1862, soit très peu de temps après la victoire de l'Union des États du Nord sur les forces sécessionnistes du Sud, au moment où le président avait donc les pleins pouvoirs et, parmi eux, celui de faire taire toute opposition à ce projet. Cette législation, qui bouleversait les règles de la propriété fermière en vigueur dans les nouveaux territoires de l'Ouest américain, ouvrait grand la porte aux aventuriers de tous horizons en leur permettant d'acquérir gratuitement jusqu'à soixante-cinq hectares de ces terres à moitié sauvages pour peu qu'ils y aient travaillé au moins cinq années consécutives, ou de les racheter à moindre coût – très exactement 3,10 dollars l'hectare – s'ils y vivaient depuis moins longtemps. Un des nombreux problèmes que posait l'application de cette loi résidait dans le fait que ces territoires étaient déjà, et depuis fort longtemps, occupés en toute légalité par des tribus indiennes, qui n'avaient a priori pas l'intention de s'en faire déloger facilement ni de revendre à qui que ce fût ce droit à la terre dont ils ne comprenaient même pas qu'un homme pût le détenir – c'était pour eux une notion aussi farfelue que de se déclarer propriétaire de l'air ou des étoiles. C'était sans compter sur l'ingéniosité d'un certain John O'Sullivan qui avait eu la bonne idée, vers 1845, au moment où la volonté d'extension territoriale vers l'Ouest s'imposait à tous les esprits éclairés des gens de l'Est, d'invoquer le concept de « destinée manifeste » qui reposait sur la croyance unilatérale que les États-Unis avaient reçu de Dieu Lui-même la mission salvatrice de régenter, d'un point de vue territorial, moral et religieux, les régions s'étendant de la côte atlantique à la côte pacifique. Cette vision des choses n'anticipait en aucun cas les problèmes légaux ou sociaux que recouvrait une telle colonisation des peuplades amérindiennes dont la présence sur ces terres avait pourtant été ratifiée par quantité de traités avec les instances locales ou fédérales. Des luttes sanglantes s'ensuivirent qui dissuadèrent la bonne volonté de pas mal de colons de venir s'installer sur ces terres politiquement instables. Ce n'est qu'avec le massacre des Sioux de Wounded Knee en 1890 et l'élimination quasi radicale de l'opposition des tribus locales que les choses purent réellement évoluer, si l'on peut dire, dans le Dakota du Nord.

C'est en tout cas le moment que choisit le jeune Anders Jenson – ainsi que des milliers de ses compatriotes – pour se décider à parcourir en bateau les six mille kilomètres qui séparaient Hambourg de New York puis embarquer, aux environs de Duluth – à deux mille kilomètres au nord-ouest –, sur le Northern Pacific Railway pour finalement se fixer dans la région de Middletown. Suivant fidèlement le tracé de cet axe de communication est-ouest qui reliait le Minnesota à l'État très récemment formé de Washington, naquirent des villes qui répondaient à un plan d'urbanisation invariable. L'école, l'église, les édifices administratifs, la plupart des commerces étaient distribués de façon exactement similaire et, d'une ville à l'autre, tout finissait par se ressembler, jusqu'à l'état d'esprit des habitants qui parlaient la même langue, respectaient les mêmes règles et glorifiaient le même Dieu. Anders Jenson comprit assez vite la différence fondamentale, en termes de business et d'enrichissement personnel, entre sa Norvège d'origine, aux mœurs somme toute assez peu relâchées, et l'Amérique de cette fin de siècle.

Déjà à l'époque, le commerce et la religion y entretenaient d'excellents rapports, ce qui fut profitable aux intérêts personnels d'Anders, lequel se révéla être à la fois un paroissien fidèle et un entrepreneur sans scrupules. Des soixante-cinq hectares que le gouvernement lui avait octroyés initialement, son domaine passa, en vingt ans, à un peu plus de mille hectares, sur lesquels s'érigeaient pas moins de trois meuleries d'envergure et autant de silos de stockage. De sorte qu'à sa mort en 1938, Anders laissa à chacun de ses sept enfants une fortune non négligeable et à son fils aîné Kristian Jul – qui était aussi son fils préféré – la gestion de son commerce de grains. Ce fut là la plus mauvaise décision commerciale qu'Anders ait prise de son existence – la seule en réalité –, puisque Kristian Jul engloutit en quelques années dans l'alcool et le jeu tout ce que son père avait laborieusement amassé pour lui. Depuis ce jour, il y avait clairement deux clans dans la mythologie familiale des Jenson : les winners et les losers. Ceux dont la vie et l'œuvre étaient à l'image d'Anders, le fondateur, et ceux dont la misérable existence était à l'image de son fils, Kristian Jul. En conséquence de quoi chaque homme de cette dernière branche de la famille était systématiquement jaugé à l'aune de cette appréciation certes peu subtile mais ancrée dans les esprits de façon indélébile.

Il apparaissait en définitive que Joe, mal parti dans la vie pour ressembler à son arrière-arrière-grand-père Anders, se révélait, qu'on le veuille ou non, celui des deux fils de Keith dont l'avenir semblait le plus prometteur. Tony le savait et même s'il conservait lui-même son statut de fils préféré, il était conscient qu'il avait déçu ses parents, son père en particulier. Il entretenait de ce fait une rancœur tenace à l'égard de son benjamin. Tony vivait à New York et personne dans sa famille ne connaissait véritablement les tenants et les aboutissants de son mode de vie. Bien qu'il ne laissât filtrer aucune information concrète sur son existence – on savait vaguement qu'il occupait un rôle subalterne de lecteur dans une maison d'édition, qu'il habitait vaguement un deux-pièces du côté de Chelsea en compagnie d'une chatte nommée Judy, qu'il avait vaguement quelques amis auxquels il restait plus ou moins fidèle au fil des ans, qu'il partait vaguement en vacances en Europe tous les étés, mais où exactement, personne ne le savait –, aux yeux de tous, et surtout de son père, le côté Kristian Jul de sa personnalité devenait de plus en plus alarmant.

Aussi, quand Joe reçut un coup de fil de Tony lui apprenant qu'il débarquait à Middletown pour l'entretenir d'une affaire de la plus haute importance, il ne se fit aucune illusion sur la nature de ce qui poussait son frère à venir lui rendre visite sur ses terres : il avait cruellement besoin d'argent. C'était ainsi depuis des années. Plus de quinze ans auparavant, son diplôme de *bachelor* en poche, Tony avait décidé à la surprise générale de suivre un cursus de *creative writing* pour devenir écrivain ou journaliste, enfin de vivre de sa plume d'une manière ou d'une autre. L'université du Dakota du Nord à Grand Forks – qui possédait un programme de ce type et lui aurait assuré une formation pour presque rien en tant que résident de l'État – n'était nettement pas assez respectable pour les ambitions littéraires du futur auteur, qui lui avait préféré l'université de Columbia dans la partie nord-ouest de l'île de Manhattan, et pour laquelle il avait été contraint de s'endetter à hauteur de cent vingt mille dollars, une somme qu'il continuait mensuellement à rembourser à la banque.

Joe l'accueillit le dimanche suivant, en fin d'après-midi, à l'aéroport de Middletown. À peine assis dans la voiture, Tony entama ses lamentations :

– Je suis dans la merde, Joe. Vraiment dans la merde.

– C'est encore tes études ?

– Qu'est-ce que tu veux dire par là ? fit Tony, vexé.

– Je dis tes études parce que c'est toujours un peu tes études le problème. Enfin plus exactement le remboursement de tes études, ajouta Joe, gentiment.

– Il est certain que toi, ce n'est pas le genre de choses qui t'encombrent.

– De ne pas avoir fait d'études ou de ne pas avoir à en rembourser ?

– Ha, ha, très drôle. Qu'est-ce qu'on s'amuse avec toi.

– Tu trouves aussi ?

Tony haussa les épaules.

– Le problème n'est pas là, Joe.

– Tu en as parlé à pa' et m'man ? Pourquoi c'est toujours sur moi que ça tombe ?

– Nom de Dieu, c'est pas vrai !

– Qu'est-ce qu'il y a ?

– Pa' et m'man… Franchement, tu as quel âge, Joe ?

Joe fixa la route à travers le pare-brise.

– En tout cas, je ne te filerai pas de thunes cette fois-ci.

– Pardon ? dit Tony en ouvrant grand les yeux.

– Tu m'as bien entendu.

– Putain, tu m'as fait voyager pendant six heures de New York jusqu'à ce bled pourri *uniquement* pour me dire ça ?

– Je ne savais pas que c'était *uniquement* pour cette raison que tu venais me voir.

– Et pour quelle autre raison je viendrais te voir, ducon ?

– C'est mal barré, tu sais.

– C'est-à-dire ?

Joe ne répondit pas. Les deux frères ne se parlèrent plus jusqu'à leur arrivée.

Il était difficile de savoir pourquoi Joe avait soudain décrété qu'il ne jouerait plus au banquier avec son frère. Il se fichait de l'argent. Bien qu'il en eût beaucoup, il n'en dépensait pratiquement pas. Il avait été élevé dans une maison de taille raisonnable, équipée d'une seule salle de bains. Jamais personne, surtout pas lui, n'avait émis l'idée que cela n'était pas suffisant pour une famille de quatre personnes. Sa maison actuelle en possédait trois, ce qui lui semblait extravagant. L'argent n'avait jamais constitué pour Joe un marqueur social ou une revanche sur quiconque, il craignait d'en manquer, certes, mais il se savait raisonnablement à l'écart de tout incident financier majeur grâce à ce qu'il possédait déjà. Ce qu'il avait accepté de donner à Tony ne représentait rien pour lui, ni en volume ni en qualité, il n'avait même jamais été entendu que cela lui serait remboursé. Ce qui continuait de l'ennuyer par contre, c'était le rôle pervers auquel son frère le condamnait en agissant de cette façon. Tony se diminuait à ses propres yeux pour obtenir quelque chose de quelqu'un qu'il avait tout le mal du monde à ne pas mépriser par la suite. L'argent pourrissait leurs rapports. D'une certaine façon, Joe avait dû penser que cela suffisait.

– Tu ne parles de rien à Sandy, d'accord ? dit-il à son frère en se garant devant la maison.

– Pourquoi, elle cause maintenant ?

– Putain, Tony, ferme-la s'il te plaît ! hurla Joe.

Il posa les mains de chaque côté du volant et laissa sa tête s'effondrer entre ses bras. Il resta dans cette position quelques instants avant de réaliser qu'il serait peu judicieux de faire se confronter le ressentiment universel de Tony à l'innocence déjantée de Sandy.

– Je pense qu'on ferait mieux de dîner ailleurs. Je ne le sens pas bien. Pas bien du tout.

– Comme tu veux, répondit Tony qui était entré dans sa phase classique de bouderie.

Ils ne se dirent rien d'essentiel non plus sur le parcours entre la maison et le Famous Dave's, où Joe avait de plus en plus ses habitudes et la même table qui l'attendait à chacune de ses visites. Le restaurant était plein. Six programmes différents étaient diffusés en simultané sur pas moins de treize téléviseurs, dont un match amical des Fighting Hawks, l'équipe universitaire locale de basket, la rediffusion sur CBS d'un épisode de la série *The Big Bang Theory* et une interview de Donald Trump par des journalistes de Fox News.

– Salut, Joe, lui dit l'hôtesse à l'accueil. Je te mets au fond comme toujours ?

– S'il te plaît, Darlene.

Ils suivirent la jeune femme qui les conduisit jusqu'à une table isolée à l'arrière du restaurant. Ils s'assirent et commandèrent la même pinte d'Iron Horse Pale.

– Je vous laisse réfléchir à la suite, dit Darlene en tendant un menu à chacun.

Elle fit à Joe un large sourire en s'éloignant.

– Tu couches avec cette fille ? attaqua aussitôt Tony.

– Non, je ne couche pas avec cette fille. Je lui ai laissé pas mal de pourboires par le passé, c'est sans doute pour ça qu'elle est aussi gentille avec moi. Elle ne veut pas que le filon se tarisse, j'imagine.

– Peut-être qu'elle veut simplement coucher avec toi. Les intentions des gens sont en général beaucoup plus limpides que tu as l'air de le penser.

Joe pensa sûrement que cette phrase s'appliquait aux motivations personnelles de son frère, mais il n'en dit rien.

– Si c'est tout ce que tu as à me dire, je préfère qu'on continue à se taire.

– T'es vraiment pas un marrant, Joe.

Joe nota le léger sourire de son frère et y vit un signe d'ouverture.

– Remarque, toi non plus tu n'es pas très drôle, Tony, dit-il avec empathie.

La bière aidant, leurs rapports se dégelèrent. Tony, à l'inverse de son frère, était un grand bavard quand il s'agissait d'évoquer la vie des autres, surtout pour en dire du mal. Plus l'Iron Horse Pale s'insinuait dans ses veines, plus ses attaques se faisaient virulentes et plus il avait recours au concept d'imbécillité permanente et généralisée qu'il avait affiné au fil des ans et qu'il pouvait appliquer à quantité de sujets. Sa cible fut, ce soir-là, l'élection présidentielle en cours. Selon les mots de Tony, Donald Trump était une andouille de première qui faisait vraiment honte à voir et à entendre mais que les Américains ne seraient quand même pas assez débiles pour élire au final. Face à lui, Marco Rubio et Ted Cruz lui apparaissaient comme deux cons notoires, que les habitants de Floride et du Texas – qui comptaient dans leurs rangs pas mal de crétins, il fallait le reconnaître – avaient déjà été totalement stupides d'élire comme sénateurs. Même si, selon toute vraisemblance, il allait lui-même voter pour Hillary Clinton, il devait admettre que sa campagne était dirigée par une conjuration d'imbéciles. Bernie Sanders, de son côté, était un abruti de socialo-communiste qui aurait mieux fait de se désister plus tôt en sa faveur et Jill Stein une idiote d'écologiste qui, au lieu d'avoir la tête dans les étoiles, serait plus avisée de la garder sur les épaules. Quand, au bout de deux heures d'une hargne décuplée par l'alcool, les signaux émis par son corps et son cerveau furent assez clairs pour qu'il n'y eût aucun doute sur son état d'ébriété, Tony lança :

– Putain, j'ai super envie de… de faire la fête et de… de danser.

– De danser ? fit Joe en éclatant de rire.

– Je suppose que tu ne…

C'est alors qu'un éclair de génie passa dans les yeux

de Joe. Le nom magique du Kinky Boots s'illumina en lettres de feu sous son crâne.

– Je connais un endroit, dit-il.

Aussi étrange que cela puisse paraître, Joe ne vit pas d'inconvénient majeur à traîner son frère dans ce bar où il avait lui-même ressenti pas mal de pulsions homophobes. Il faut dire à son corps défendant qu'il était fin saoul et que, dans son esprit altéré, la confusion que pouvait engendrer sa présence dans un tel lieu avec un autre homme, fût-il son frère, était largement compensée par le fait qu'il avait enfin trouvé un moyen d'épater Tony et de lui signifier que sa vie, bien que certainement loin d'être aussi trépidante que celle d'un célibataire new-yorkais, n'était pas non plus aussi ringarde qu'on pouvait le penser puisqu'il était capable de dénicher, dans une région dépourvue de tout attrait festif, un bar où l'on pouvait se trémousser sans façons après onze heures du soir.

À l'entrée du Kinky Boots, il ne fallut à Tony que quelques secondes pour identifier la nature exacte de l'endroit où son frère l'avait conduit. Il blêmit, la quantité d'alcool qu'il avait ingurgitée toute la soirée sembla peser d'un seul coup sur ses épaules, l'affaissant brutalement. Il se tourna vers Joe, dont le visage passa d'une grande fierté à une immense inquiétude.

– Pourquoi on est ici exactement ? demanda Tony, agressif.

– Tu voulais danser. J'ai pensé…

Joe était terrorisé.

– Tu as pensé quoi, bordel ?

– Que ça te ferait plaisir.

– Ah oui, c'est ce que tu as pensé ?

– Exactement.

– Tu as pensé que ça me ferait plaisir de me retrouver dans un bar gay ?

– Pas un bar gay, un bar où on peut danser, c'est pas pareil.

– Et comment tu le connais, ce bar ?

– C'est Lisa qui me l'a fait connaître.

Tony fronça les sourcils.

– La sœur de Matt.

Tony ne comprit pas davantage.

– Enfin, Tony, Matt…

Visiblement il avait oublié l'existence de tous ces gens.

– On s'en va si tu veux, dit Joe.

– J'aimerais autant, ouais.

Joe jeta un œil aux quelques clients accoudés au bar. Un des hommes présents lors de sa dernière visite, le plus jeune des trois, lui fit un large signe de la main, auquel il répondit aimablement.

– Faut pas croire, ils sont cool tous ces types, tu sais.

Tony eut un mauvais rictus.

Le retour fut silencieux, hormis le moment où Joe déclara :

– T'es plutôt coincé pour un mec de New York. Je veux dire, je croyais qu'on s'en foutait là-bas de qui couche avec qui.

Tony se contenta de fixer la nuit profonde qui se déroulait comme un long ruban noir devant lui. Ce n'est que quelques jours plus tard, à la lumière de réflexions personnelles qui avaient à voir avec sa position dans le monde et au cœur de sa famille, que Joe analysa le comportement de son frère et entrevit la possibilité que son étrange attitude, si bizarrement offensive, répondît à quelque chose de louche dans sa sexualité. Le cas échéant, il aurait aimé que Tony lui en parle, se confie, il se sentait assez armé désormais, débarrassé de certains préjugés pour être capable sinon de l'aider, au moins de l'écouter.

Arrivés à la maison, ils rejoignirent leurs chambres respectives sans avoir échangé un mot. Le lendemain matin, Joe réveilla son frère à l'aube pour le conduire à l'aéroport. Avant que Tony ne franchisse la zone douanière, Joe l'arrêta par le bras et lui tendit une enveloppe. Tony s'en s'empara, regarda son frère et eut un vague sourire. Il ouvrit l'enveloppe, nota le montant inscrit sur le chèque qui y était inséré puis fourra le tout sans ménagement dans la poche arrière de son jean.

– Merci, dit-il doucement.

Il s'approcha de son frère et lui fit une légère

accolade. Leurs torses s'entrechoquèrent un court instant puis Tony s'écarta.

– Je ne t'ai même pas demandé comment tu allais, toi.

– Ça va, ça va, le rassura Joe aussitôt.

Tony fit une petite moue en tapotant d'un geste maladroit l'épaule de son frère. Joe le regarda s'éloigner et resta présent tout le temps que les agents de sécurité vérifiaient le contenu de ses bagages. Puis Tony disparut sans se retourner, abandonnant Joe à un affreux sentiment de solitude.

Après ce qui s'était passé avec Steven, les relations entre Karen et sa fille avaient retrouvé un goût amer de déjà-vu : un mode passif-agressif où chacune ignorait délibérément l'autre. Lisa découchait souvent, son travail autour de la réserve amérindienne lui prenait l'essentiel de son temps, le reste, elle le consacrait à son amant. Quand il arrivait aux deux femmes de se croiser – en général tôt le matin –, elles n'échangeaient que des banalités inoffensives, sans implication émotionnelle. À force de se préoccuper aussi peu de Karen, Lisa ne voyait pas que sa mère dépérissait de jour en jour, elle n'avait aucune conscience des malaises vagaux, des migraines à répétition, des crampes d'estomac ou des saignements de nez dont elle était régulièrement victime, elle ne remarquait pas davantage son souffle plus court ou les plaques rougeâtres qui étaient récemment apparues sur ses avant-bras. L'aurait-elle observée plus de dix secondes – au lieu de fuir systématiquement son regard –, elle aurait compris que quelque chose clochait. Peter passait son temps à sermonner son épouse sur l'urgence à consulter un spécialiste, Karen utilisait toutes sortes d'arguments pour lui opposer l'inverse et le menaçait des pires choses s'il s'avisait de s'en ouvrir à leur fille.

Et puis, un jour, les choses changèrent.

C'était le 22 juillet. Trois jours plus tôt, à la convention républicaine organisée à Cleveland dans l'Ohio, Donald Trump avait été élu représentant officiel du parti républicain dans la course à la Maison Blanche. Une atmosphère délétère animait le *Grand Old Party* – comme la plupart des commentateurs le désignaient usuellement –, plusieurs personnalités avaient décliné l'invitation de participer à la convention d'investiture, dont pas mal de sénateurs ainsi que les deux anciens présidents Bush, père et fils. Le GOP était en colère contre cette nomination à la fois incontestable et contestée de tous bords, plusieurs participants avaient invoqué un vice de procédure pour la faire annuler, d'autres avaient jeté à terre leurs accréditations et quitté les lieux dès le premier jour. Tout en préparant le repas de ses chiens, Karen regardait sur le téléviseur de la cuisine une rediffusion de la clôture de l'événement. Le vainqueur des primaires monta sur l'estrade dans des ovations dignes d'une rock star pour prononcer un discoursfleuve de soixante-quinze minutes, un record dans les annales :

– J'ai rendu visite à des gens qui travaillaient en usine et qui sont maintenant au chômage et à des communautés détruites par nos mauvais accords commerciaux. Voilà les hommes et les femmes oubliés par notre pays. Les gens qui travaillent dur n'ont plus de voix. Je suis votre voix !

Une fois de plus, Karen s'étonna de la puissance oratoire de cet individu qu'elle haïssait à tant d'égards. Avec tout ce qui se passait, il lui était impossible de ne pas se sentir visée par ces paroles. Elle aussi faisait partie des oubliés de ce pays. Elle aussi travaillait dur, sans aucun doute. Et sa voix, qu'elle s'époumonait à faire résonner, n'était entendue par absolument plus personne.

Soudain, elle se sentit mal, à deux doigts de vomir. Elle passa une main sur son front qui se révéla humide et légèrement fiévreux et se dirigea vers l'évier pour se servir un verre. Dès qu'elle eut tourné le robinet, une eau glauque, couleur de terre, s'en écoula. Puis ce fut l'odeur qui la terrassa. Elle se pencha et renifla à plusieurs reprises cette émanation intempestive. Elle voulut en avoir le cœur net et alla fouiller dans un tiroir où, au milieu d'un fatras d'objets, elle finit par dénicher un briquet jetable. Elle en fit rouler la molette, une petite flamme jaillit qu'elle rapprocha du filet d'eau. Il y eut une déflagration, puis une énorme langue de feu aux accents bleus et jaunes surgit violemment qui vint lécher la totalité de la surface en inox de l'évier. Karen, terrorisée, recula sous le choc. Elle ne put cependant s'empêcher de retenter l'expérience. Elle présenta à nouveau la flamme du briquet, le phénomène se reproduisit à l'identique, aussi brutalement. Karen resta un long moment à observer l'eau qui s'écoulait : elle était toujours aussi répugnante.

Don Jorgenson, du Dakota Farmers Council, arriva une demi-heure plus tard en compagnie de Lisa. Il se livra à la même manipulation, avec le même résultat.

– Il faut absolument que tu arrêtes de te servir de cette eau, dit-il en soulevant sa casquette pour se gratter le haut du crâne. Ni douche ni vaisselle non plus. Rien, tu entends ? C'est un vrai poison, ce truc.

– Qu'est-ce qui se passe ? demanda Lisa.

– On dirait du méthane, répondit Don.

– Et cette eau marron ?

– Probablement une contamination d'un de vos puits. Ça ne date sûrement pas d'hier, ajouta-t-il en évitant de fixer le visage anémique de Karen.

– Ils disent que ça n'arrive jamais, fit Karen, affolée.

– Si, ça arrive, malheureusement. Pas tout le temps, mais quand les choses sont mal faites, ça peut arriver.

Don avisa près de l'évier un bocal vide qui servait ordinairement aux conserves de fruits. Il s'en empara.

– Je peux te l'emprunter ?

Karen était ailleurs, tête baissée, elle n'écoutait plus. Don ouvrit le robinet et remplit jusqu'à mi-hauteur le flacon d'une eau marronnasse.

– Je vais la faire analyser, dit-il en vissant le couvercle métallique sur le bocal.

– Comment on va faire, Don ? Et les bêtes ?

L'homme ne répondit pas. À son arrivée, il avait noté la mine souffreteuse de son amie et ne voulait rien lui annoncer qui pourrait la démoraliser et la fragiliser plus qu'elle ne l'était. Karen se leva et s'affaissa aussitôt. Don se précipita vers elle et l'aida à se maintenir sur sa chaise. Prenant sa tête entre ses mains, les coudes coincés contre ses cuisses, Karen s'effondra en larmes. Quand elle se redressa, il lui fut pratiquement impossible de se relever sur ses jambes, malgré ses efforts répétés. Don jeta un regard entendu à Lisa. Ils se placèrent de part et d'autre de Karen et la prirent chacun par un bras. Elle ne semblait qu'à moitié consciente de ce qui était en train de se passer. Ils la sortirent à l'air libre et l'installèrent le mieux qu'ils purent dans la voiture de Don. Puis ils la conduisirent aux urgences de l'hôpital régional, où elle fut aussitôt placée sous assistance respiratoire et soumise à une batterie de prélèvements sanguins et dermatologiques.

En fin de journée, Lisa et son père récupérèrent une citerne de mille cinq cents gallons qu'un de leurs voisins avait eu la générosité de leur prêter et de remplir à ses frais. Les jours suivants, il leur fallut régulièrement accrocher à l'un de leurs tracteurs ce monstre de près de deux tonnes et le remorquer jusqu'au Walmart local pour le remplir d'une eau inoffensive pour les hommes et le bétail. L'opération, outre les contraintes techniques qu'elle imposait, était onéreuse et surtout démoralisante.

Contactés par Lisa, les représentants de Global Resources lui signifièrent à plusieurs reprises l'innocuité parfaite de leurs méthodes pour les sources aquifères et donc l'impossibilité quasi certaine que leur eau potable fût contaminée par aucun de leurs puits. Ils étaient prêts à faire des recherches mais s'avouaient déjà convaincus de leurs résultats.

– Vous savez, mademoiselle Winston, lui dit le jeune Bishop qui, en tant que chargé des relations publiques, était à son tour devenu l'interlocuteur régulier de Lisa, personne dans cette région n'a jamais pu documenter la moindre contamination des nappes phréatiques par la fracturation hydraulique. C'est un mythe propagé par certains médias.

– Vous creusez à des milliers de mètres sous terre, comment pouvez-vous être sûrs que ce que vous faites n'est pas toxique, d'une manière ou d'une autre ? Comment pouvez-vous être absolument certains d'avoir tout prévu de ce qui allait se passer ? Comment pouvez-vous savoir que vous n'êtes pas en train de faire remonter des substances dangereuses qui reposaient peinardes avant que vos trépans ne viennent foutre un bordel innommable ? Des substances radioactives, par exemple, il y en a des tonnes ici, à cette profondeur.

– Nos méthodes sont scientifiques, mademoiselle, et à ce titre elles sont fiables à cent pour cent, je vous assure. Nos forages répondent à une observation très méthodique de la configuration géologique des sous-sols.

– Moi je vais vous dire ce que je pense. Je pense que vous vous avancez sans trop prévoir les choses, vous mettez quelques semaines à construire votre bazar, le plus vite étant le mieux bien sûr, vous essayez de le faire le plus correctement possible sans doute, enfin j'imagine, mais malheureusement vous ne contrôlez pas tout. Vous ne contrôlez rien de ce qui se passe en profondeur, vous ne contrôlez pas toujours non plus ce qui se passe en surface, dans le coffrage de vos caissons en particulier. Des accidents peuvent arriver. En profondeur, en surface, entre les deux et même dans l'air. Mais comme vous êtes plutôt des cow-boys que des gentlemen, vous laissez les gens s'égosiller pour démontrer qu'ils ont raison. Sauf que c'est exactement l'inverse qui devrait se passer, Bishop : ce serait à vous, les industriels, de nous montrer que ce que vous faites est sans danger, pas à nous de prouver que ce que vous faites est criminel.

– Nous ne faisons rien de criminel. Il y a longtemps que les autorités sanitaires seraient intervenues si c'était le cas.

Ce dernier argument ne manqua pas d'arracher un faible sourire à Lisa.

– L'Agence pour la protection de l'environnement, par exemple ?

– Par exemple.

– La même agence qui pense que le *fracking* a très peu d'impact sur la contamination des sources d'eau potable dans ce pays ?

– L'EPA est une agence fédérale indépendante, je vous le rappelle.

– Bishop, puisque vous êtes si fort, comment expliquez-vous que notre eau soit soudain devenue marron et a priori imbuvable ?

– Il y a mille raisons pour que l'eau change de couleur. Avez-vous pensé à la corrosion des tuyaux d'approvisionnement ? La plupart sont anciens et donc en métal, comme vous n'êtes pas sans le savoir. Pour la plupart des métaux, la corrosion n'est qu'un retour à l'état naturel d'oxyde.

– Oh mon Dieu ! Et ma mère ? Comment justifiez-vous qu'elle soit dans un état aussi peu *naturel* ?

– Je ne suis pas médecin. Je n'ai malheureusement aucune explication à vous offrir. Un chaud et froid, je ne sais pas ? Ce n'est pas une hypothèse si stupide avec le temps que nous avons eu. Mais je ne voudrais pas m'avancer…

Devant cette résistance qu'elle trouvait pleine de morgue, Lisa se mit à appeler Bishop tous les jours, comme sa mère l'avait fait avant elle. C'était à chaque fois un sentiment réconfortant – bien que parfaitement vain – de l'entendre se débattre dans ses contradictions, de le forcer à inventer de plus en plus d'arguments spécieux pour défendre la cause et la technologie de ses employeurs. Elle voyait mieux à présent ce que sa mère avait pu tirer d'une entreprise aussi désespérée.

Karen rentra chez elle trois jours plus tard. Lisa ne put s'empêcher de la prendre dans ses bras et de la bercer doucement contre elle.

– Ça nous a coûté trois mille dollars. Je ne sais même pas comment on va faire pour payer.

– On va s'en sortir. N'aie pas peur, dit Lisa en lui caressant les cheveux.

Karen se laissa aller dans les bras de sa fille. Peter les observait et en avait, comme toujours, les yeux mouillés. Quand les deux femmes furent seules, la mère tendit à sa fille des pages dactylographiées qu'elle souhaitait cacher à son mari. Sur trois feuillets s'étalaient les résultats des tests qu'elle avait subis.

– Ils ont trouvé de l'arsenic dans mes veines, Lisa. De

l'arsenic. Ils m'ont même demandé si ton père ne cherchait pas à m'empoisonner.

Lisa lui sourit puis se mit à lire les analyses :

– Ils ont trouvé aussi du dichloroéthane à des seuils largement supérieurs aux seuils de tolérance acceptables. Et puis aussi des traces de trichlorobenzène – pas très sympa celui-là –, de l'éthylbenzène, du diméthyldisulfure, un peu de chrome, un peu de cadmium, un peu de plomb… Ça ne m'étonne pas que tu aies mal partout.

– Ils injectent tout ça dans leurs tuyaux ?

– Il faut croire, dit Lisa évasivement.

En réalité, personne ne connaissait la nature exacte des composants chimiques que les compagnies pétrolières injectaient dans le mélange eau-sable de leur fluide de fracturation. On savait vaguement qu'il y en avait près de six cents, qu'ils représentaient un peu plus d'un pour cent du volume total des vingt à trente millions de litres d'eau nécessaires à chaque opération de *fracking*, mais leur composition demeurait un secret aussi bien gardé que la recette du Coca-Cola ou de la sauce du Big Mac. Le principal acteur de cette omerta était Dick Cheney. En janvier 2001, il était passé sans transition de la présidence d'Halliburton – une des plus grandes compagnies pétrolières du pays et, au passage, la détentrice du brevet de la technique de fracturation hydraulique – à la vice-présidence des

États-Unis, sous la première administration de George W. Bush. Dès son arrivée, il avait constitué un groupe de réflexion, l'Energy Task Force, qui avait permis, quatre ans plus tard, d'aboutir à une loi, l'*Energy Policy Act*, exemptant les compagnies pétro-gazières des trois dispositions américaines majeures en matière d'environnement, dont le *Safe Drinking Water Act*, qui concernait la protection des ressources en eau potable, et le *Clean Air Act*, qui luttait contre toutes les formes de pollution de l'atmosphère. Cette disposition, surnommée « échappatoire Halliburton », assurait à ces compagnies, sous couvert du secret industriel, la possibilité d'injecter hors de tout contrôle scientifique des produits dangereux à proximité de sources d'eau potable sans rien avoir à dévoiler de la nature et de la composition de ces produits.

Quelques jours plus tard, les résultats de l'analyse de l'eau réclamée par Don revinrent du laboratoire. Des résultats à la fois inattendus et sans surprise : le labo attestait la présence de méthane, comme il était facile de s'en douter, mais aussi de substances cancérigènes hautement toxiques comme du benzène ou certains éthers de glycol, d'éléments radioactifs – du sélénium, du radium, du baryum – à des taux mille fois supérieurs à ceux généralement admis, ainsi que d'une conductivité, ordinairement à zéro, qui atteignait un niveau inquiétant de trente-deux mille siemens par mètre. En conclusion du document, le biologiste avait ajouté à la main une évaluation personnelle sur le caractère indiscutablement pathogène de cette eau dont il déconseillait fortement l'utilisation.

Lisa et sa mère firent front. Renseignées par Don Jorgenson sur les cas de fermiers qui avaient eu maille à partir avec les compagnies pétrolières, elles commencèrent à battre la campagne, elles étaient prêtes à aller jusqu'à Bismarck ou Fargo s'il le fallait. Elles voulaient non seulement comprendre comment les choses pouvaient techniquement se passer, les erreurs que les compagnies étaient en mesure de commettre ou avaient commises, mais aussi savoir si d'autres qu'eux avaient personnellement subi des outrages similaires. Leur but avant tout était de documenter. Une connivence d'ordre intellectuel les liait. C'était ce qu'il leur fallait pour se retrouver : une cause commune, à caractère militant, à des années-lumière de la gestion des frustrations qu'elles nourrissaient l'une envers l'autre.

Malgré la réticence initiale de Karen, Steven se mêlait parfois aux recherches des deux femmes. De son expérience d'activiste, il avait acquis certaines méthodes d'investigation, il savait mener des interrogatoires. Et c'est ce qu'ils firent ensemble. Interviewer des gens, poser des questions, encore et encore. Ils découvrirent des individus qui avaient souffert de migraines soudaines, de maux d'estomac, de tumeurs endocrines rares, d'insuffisance respiratoire, de complications gastriques, de psoriasis ; d'autres qui avaient maigri, perdu l'appétit, le goût, l'odorat. Ils rencontrèrent des enfants devenus brutalement asthmatiques et virent des animaux domestiques – chats, chiens, chevaux, vaches – qui perdaient leurs poils par touffes entières au point que certains étaient aujourd'hui totalement pelés.

Devant l'accumulation d'autant de cas suspects, Lisa et Karen finirent par élaborer une pétition invitant les institutions de l'État à observer un moratoire qui impliquerait de stopper la majorité des exploitations en cours afin d'évaluer la situation d'un point de vue strictement scientifique. Une folie évidemment, compte tenu de la disposition Halliburton, le combat du pot de terre contre le pot de fer. En l'espace d'un mois et demi, Karen et Lisa recueillirent trois cents signatures. Qu'en espéraient-elles exactement ? Parfois on les prenait pour deux illuminées. La violence de leur énergie était telle qu'il leur arrivait de faire peur à ceux dont elles souhaitaient se rapprocher. À maintes reprises on leur condamna l'accès aux maisons ou on les renvoya manu militari en les traitant de sorcières ou de communistes et parfois les deux. Par trois fois elles furent menacées par le canon d'une carabine pour avoir émis des doutes sur la pertinence des prises de position du gouverneur vis-à-vis de la santé de ses concitoyens des classes inférieures. Mais elles ne renonçaient pas. Peut-être avaient-elles l'impression, en se battant côte à côte, au-delà d'un combat personnel pour des idées, de rattraper un peu du temps qu'elles n'avaient jamais eu l'occasion de se donner l'une à l'autre.

Les choses commencèrent à se gâter entre Lisa et Steven le jour où Allison – un autre membre du réseau Green Combat – fit son apparition sur les terres du camp Oceti Sakowin. Allison était plus âgée que Lisa de deux ou trois ans et se déclarait ouvertement lesbienne. Dès le départ, Steven et elle échangèrent beaucoup, leurs idées faisaient cause commune la plupart du temps. A priori, Allison ne s'intéressait pas à Steven sur un terrain intime, mais l'inverse était faux. Du jour au lendemain, le jeune homme développa pour la nouvelle venue un sentiment trouble dont il eut à cœur de s'ouvrir presque aussitôt à Lisa, sous couvert du fait qu'il détestait feindre en général et feindre avec ses sentiments par-dessus tout. En retour, Lisa se retrouva encombrée d'une hostilité vis-à-vis de cette jeune militante qui avait pourtant toutes sortes de prévenances et d'amabilités à son égard. Lisa s'en voulait, cela l'épuisait, mais elle n'y pouvait pas grand-chose. Y a-t-il rien de plus fatigant, se disait-elle, qu'une jalousie sans objet, une jalousie intellectuelle, dont la mécanique, tel un moteur en surchauffe, repose uniquement sur du vide ? Steven, qui était déjà avare d'attentions envers elle, devint de plus en plus difficile à vivre. Il restait avec elle malgré tout.

– Tu continues à représenter, ici et aujourd'hui, physiquement et intellectuellement, le meilleur compromis pour moi, lui dit-il un jour.

Lisa devait se sentir bien seule ou désespérément amoureuse pour continuer à désirer un type qui la malmenait autant. À partir de là, ils se disputèrent pour un oui ou pour un non. Cela avait toujours à voir avec la mollesse de l'engagement de Lisa aux yeux de son compagnon. Il devenait de plus en plus intransigeant, elle supportait de moins en moins l'ostracisme dont elle faisait l'objet de sa part. Un soir, il faillit porter la main sur elle. Au cours d'une discussion encore plus animée qu'à l'ordinaire, son poing s'éleva et demeura quelques secondes au-dessus de sa tête, vibrant, menaçant, puis s'abattit à quelques centimètres de sa cuisse pour éviter de frapper le visage de sa petite amie. Lisa quitta les lieux sur-le-champ et ne revint pas le voir pendant trois jours, elle se méfiait de lui et redoutait à présent cette violence à laquelle il déclarait pourtant ne recourir qu'envers les choses inanimées.

Une semaine après cet épisode, Lisa trouva sur le pare-brise de sa voiture un prospectus annonçant un concert quelque part dans la ville. Elle s'en débarrassa dans une poubelle proche puis, mue par une sorte d'instinct, elle revint sur ses pas. Elle récupéra le flyer et le lut avec attention. Elle comprit la raison de sa volte-face, qu'elle assimila par la suite à ce qu'elle nommait une « initiative du destin ». Parmi les nombreux participants à ce concert apparaissait en premier – et en lettres légèrement plus grosses que celui des autres artistes – le nom de Ross Dakota. Sa première pensée fut de prévenir Joe de cet événement. Ross Caubet est en concert, ce serait cool d'aller le voir, non ? Elle invita Joe à assister au spectacle avec elle mais, au dernier moment, elle ne trouva pas utile de lui révéler la présence sur scène de son vieux copain.

Trois jours plus tard, Lisa et Joe se retrouvèrent au Smoke, un endroit réputé sur Main Street. Le programme étant ce soir-là particulièrement long, les festivités débutèrent à six heures tapantes. Un homme braillait dans un micro le nom des artistes et invitait le public à les encourager.

– J'adore votre enthousiasme, les mecs, c'est vraiment génial ! hurlait-il à longueur de temps.

Les intervenants se présentaient seuls ou avec un second musicien, jamais plus. La majorité reprenaient des tubes sur lesquels ils se faisaient fort de greffer une touche personnelle qui n'était en aucun cas l'élément le plus concluant de leur performance. Quand, une douzaine d'artistes plus tard, ce fut à Ross d'entrer en scène, la salle s'emplit d'une énergie vibrionnante, on sentait bien que quelque chose de neuf et d'excitant allait se passer.

– Mesdames et messieurs, je vous demande maintenant d'applaudir… Ross DA-KO-TA ! vociféra le présentateur.

Des sifflets et des cris déchirèrent la salle. Ross était visiblement connu et attendu. Trois choristes blondes surgirent l'une après l'autre, impeccablement coiffées et maquillées, vêtues de la même petite robe sombre et sexy, puis ce fut au tour d'un bassiste, d'un saxophoniste et d'un clavier portatif de se répartir sur l'estrade. L'obscurité tomba tandis que résonnait un riff de guitare basse, mystérieux et tendu. Ross ménagea un temps savamment calculé entre son arrivée sur scène et celle de son dernier musicien. Une poursuite l'éclaira brutalement. Il apparut, tête baissée, visage entièrement camouflé par un stetson d'un blanc immaculé, puis il leva haut un bras, un geste qui recueillit dans la salle une pluie d'applaudissements. Si tous les autres autour de lui étaient vêtus de noir, Ross avait opté pour le contraste d'une redingote bleu électrique dont les poignets, les épaulettes et les pointes du col étaient abondamment rehaussés de strass argent. Il releva le visage au premier accord de la guitare sèche qu'il portait en bandoulière.

– Putain, c'est Ross ! s'écria Joe.

Lisa le regarda, amusée, avant de comprendre que lui n'était pas du tout enchanté de la présence du fils Caubet. Pendant les cinq chansons que son ancien pote interpréta, il se tint raide, évitant surtout le regard de son amie. La prestation de Ross concluait le concert. Après une dernière salve d'applaudissements, Lisa se leva de son siège et s'avança vers l'estrade.

– Je suis au bar, si ça te dit de me rejoindre, hurla-t-elle à Ross par-dessus les bruits de la foule en mimant d'avaler un verre avec son pouce.

Le jeune homme acquiesça, joyeux. Cinq minutes plus tard, débarrassé de son costume de scène, il se dirigeait vers le bar où Lisa et Joe étaient assis sur des tabourets hauts. De loin, Ross ne remarqua d'abord que la jeune femme. Sur son passage, les gens lui tapotaient l'épaule, l'encourageaient, le félicitaient, une adolescente alla jusqu'à lui réclamer un autographe, ce à quoi il se plia avec un mélange de bonhomie et de fierté. Quand il atteignit le comptoir, il s'aperçut enfin de la présence de Joe. Et eut lui aussi un imperceptible raidissement. Manifestement, ils se détestaient. Qu'est-ce qui s'est passé entre ces deux-là ? se demanda Lisa. Ross l'embrassa chaleureusement puis se tourna vers Joe.

– Salut, Joe, dit-il en levant sa main, doigts repliés.

– Salut, Ross, répondit Joe en cognant mollement son poing.

Après s'être renseigné sur le choix des deux autres, Ross commanda trois bières au barman.

– C'était super, commença Lisa. Tu m'as vraiment bluffée sur ce coup-là.

Ross apprécia.

– Ouais, archi-pro, rien à dire, ajouta Joe avec une légère pointe de mépris. Choristes, zicos, costumes au poil, même ta gratte est impec'. Une Taylor, pas vrai ?

– Exactement, une Taylor PS16CE pour être précis.

– Ouah, tu me scies, t'as vraiment trop les moyens, dis donc.

– Ouais, ouais, trop les moyens, t'as raison, fit Ross, agacé.

– Mine de rien, ça lui fait quand même un petit joujou à huit ou neuf mille dollars, dit Joe en se penchant vers Lisa.

Elle se contenta d'une petite moue d'appréciation. Joe avait envie de cogner, cela se voyait. Il était descendu de son tabouret à l'arrivée de Ross et restait debout, le dépassant d'une demi-tête. Trois bières glissèrent sur le comptoir et s'alignèrent devant eux. Chacun s'empara d'un verre.

– Santé, dit Ross en levant le sien sans conviction.

– À la musique, dit Lisa, qui trouva lamentable son manque de repartie.

Joe se taisait. Leurs trois verres s'entrechoquèrent sans beaucoup d'entrain.

– Ça rapporte tant que ça l'urbanisme ? relança soudain Joe.

– C'est bon, fit Ross. On passe à autre chose si tu veux bien.

– J'aimerais savoir, c'est tout.

Joe but une gorgée puis regarda Ross par en dessous.

– Tu sais que la mère de Lisa est en train de crever à petit feu par ta faute ?

– Pardon ?

– Enfin par la faute de ton paternel plus exactement. Pour qu'il puisse t'offrir une Taylor à neuf mille boules que t'es juste infoutu de te payer avec ton propre pognon.

Joe se redressa. Était-ce la mousse de sa bière ou l'effet de sa colère, le fait est qu'une légère écume était apparue à la commissure de ses lèvres. Il faisait penser à un petit roquet insatisfait et colérique qui, non content d'avoir mordillé les doigts de son maître, voulait maintenant s'attaquer à son bras tout entier. Ross s'était raidi lui aussi. Sa main puissante s'abattit soudain contre la poitrine de Joe qui, sous le coup, recula et heurta le comptoir. Malgré la violence du geste, il se contenta de fixer son agresseur avec un sourire narquois.

– Hé, qu'est-ce qui se passe ? demanda Lisa, atterrée, en posant sa main sur le bras de Ross pour l'empêcher de continuer.

Prenant sur lui, Ross tourna brusquement les talons, se dirigea vers la sortie et poussa avec brutalité la porte à double battant qui se déchira en deux. Et dès qu'il se retrouva à l'air libre, Joe se décida à le rejoindre, suivi de près par Lisa. Ils étaient trois maintenant sur le parking désert à se courir l'un après l'autre. Joe poursuivait Ross qui s'éloignait vers sa voiture et Lisa tentait de calmer Joe pour empêcher qu'une nouvelle altercation n'ait lieu.

– Joe, arrête ! Qu'est-ce qui se passe, bon sang ? hurlait-elle.

Joe n'écoutait plus, ayant littéralement perdu le contrôle de lui-même. Ce qui se passait dans sa tête s'apparentait à une force trop longtemps et trop violemment retenue. L'expérience humiliante avec son frère Tony, la relation de plus en plus sinistre avec son épouse Sandy, ce qu'il dissimulait – à lui-même et aux autres – de son véritable attachement à Lisa, la part de plus en plus monstrueuse que prenait le mensonge dans sa vie en général avaient à cet instant atteint un point de rupture.

– Pourquoi tu ne lui dis pas, hein ? hurla-t-il en se rapprochant de Ross.

À quelques mètres, Ross fourrageait avec nervosité dans la poche de son pantalon pour y retrouver la télécommande de son véhicule. Quand il l'extirpa enfin, il appuya sur un bouton. Un bruit strident retentit tandis que les deux gros feux arrière du SUV se mettaient à clignoter, blanc et rouge. Il avait à peine ouvert sa portière que Joe le rattrapa par la manche.

– Putain, pourquoi tu lui racontes pas ce qui s'est passé ?

Ross essaya de se libérer mais Joe le retenait fermement. Du pied, il referma la portière, empêchant définitivement Ross de s'enfuir. Lisa était à deux pas derrière eux. Ross cessa de résister. Il était hors de lui mais parvenait assez bien à le dissimuler. Joe le lâcha.

– Tu vas le regretter, putain, lui annonça Ross, sans hausser la voix.

Il se tourna vers Lisa. Après un silence qui paraissait interminable, il lâcha :

– Il veut que je te parle de la nuit où Matt…

Il s'arrêta quelques secondes. Lisa blêmit.

– On avait passé la soirée à boire, mais à boire vraiment, comme ça nous arrivait souvent de le faire à cette époque-là.

Ross fit une nouvelle pause.

– On était chez… chez Joe, ses parents s'étaient barrés, on avait toute la maison pour nous. On se faisait tellement chier, tu comprends. Alors à un moment, je sais pas ce qui s'est passé, on a fait ce pari à la con et on a sorti nos bagnoles, chacun la sienne.

– *J'ai* fait ce pari à la con, rectifia Joe. C'est à cause de moi que ça a commencé.

Maintenant Ross se taisait. De toute évidence, Joe l'avait forcé à parler le premier pour que ce soit sa parole à lui qui se trouve libérée au final : il savait qu'il allait prendre le relais à un moment ou à un autre. Contrairement à Ross, il n'hésita pas une seconde, ses mots s'enchaînaient avec une clarté déconcertante, comme s'il avait répété ce qu'il devait dire, encore et encore :

– On devait rouler à contre-sens sur la Highway 1806, là où on risquait vraiment de rencontrer du monde, même à quatre heures du mat'. On l'avait déjà fait plein de fois mais là, on devait vraiment y aller, on devait compter quinze secondes et ne lâcher qu'au bout de ces quinze foutues secondes. C'était ça le pari, Lisa. C'était *mon* idée, tu vois, une roulette russe pour de vrai, insista-t-il, comme s'il avait besoin de lever toute ambiguïté aux yeux de la jeune femme, au risque de se faire haïr d'elle. On voulait vivre les quinze secondes les plus dangereuses de notre vie. Et les plus excitantes.

Lisa n'écoutait plus vraiment. Elle retenait uniquement la musique de ce que lui disait Joe, pas les mots exacts mais le rythme macabre de leur enchaînement. Il est fort probable qu'au fond d'elle-même – et depuis déjà longtemps –, elle savait la vérité sur ce qu'il s'évertuait à lui dévoiler.

– J'ai été le premier à le faire, continua Joe. Ça a marché. Et puis Ross l'a fait et ça a marché pareil. Et puis Matt l'a fait…

Sa voix se figea un instant.

– On a appelé les flics et on s'est barrés, conclut Joe. C'était impossible de rester, tu comprends.

Lisa en avait assez entendu.

– Personne n'est responsable, Lisa, osa Ross, alors qu'elle s'éloignait.

Elle continua son chemin sans se retourner.

Lisa sortit du parking et roula longtemps. La nuit était splendide, piquetée d'étoiles et d'une pureté enivrante. Le désert s'imposait comme une masse indomptable et sauvage. Même en conduisant, Lisa pouvait ressentir l'intensité de la vie qui en émanait. Par la vitre ouverte, elle inspira profondément l'air ambiant, comme si elle avait besoin de s'en saouler. Après plus d'une heure de route, elle se gara devant la petite maison où Steven était hébergé par des sympathisants locaux au mouvement de Standing Rock. Elle tourna avec soin la poignée de la porte – qui n'était jamais fermée à clef – et se dirigea sans bruit vers le canapé d'un petit bureau où son amant avait ses habitudes. Elle se déshabilla entièrement et se glissa contre lui. Steven dormait nu lui aussi. Dans un réflexe nocturne il enroula un bras autour de la taille de sa maîtresse et se mit à lui caresser avec douceur le ventre, sous le nombril. La tiédeur des mains de Steven s'insinua peu à peu en elle. C'était un geste à la fois bienveillant et d'une lourde charge érotique. Tandis que le jeune homme sombrait de nouveau dans le sommeil, l'esprit de Lisa vagabonda et bientôt elle ne put s'empêcher de repenser à ce qui venait de se passer. L'image de son frère s'imposa. Elle l'entendit chanter et rire. Il avait vingt-cinq ans, elle en avait dix-sept. Elle se revit avec lui, nageant, s'éclaboussant, sautant d'un escarpement creusé en hauteur à l'intérieur d'une falaise, plongeant tête la première dans la rivière Missouri. Tout était coloré et joyeux, aucune image morbide ne venait s'interposer. Pour la première fois depuis la mort de Matt, Lisa pouvait penser à lui sans se sentir anéantie.

Joe s'allongea près de Sandy mais il lui fut impossible de trouver le sommeil. Les événements de la soirée cognaient en boucle contre son crâne, avec l'intensité d'un marteau frappant continûment sur une paroi de métal. Au milieu de la nuit, n'en pouvant plus, il se leva et sortit de la maison. L'air était chaud, généreux. Joe se sentait à la fois soulagé et insatisfait d'avoir avoué la vérité à Lisa. Il avait agi conformément à ce que sa propre morale lui dictait, en dehors de toute considération pour ses intérêts personnels ou intimes. Ce n'était pas une question qu'il aurait pu décider ou non de trancher, c'était un choix impératif, sans débat, qui tenait à l'espèce de droiture avec laquelle il entendait mener sa vie : au sens littéral, une chose sans laquelle il n'aurait pas pu continuer à tenir debout. Il se souvint des paroles de son grand-père, qui, à la demande de sa mère, avait passé son adolescence à aller repêcher son père, Kristian Jul, dans tous les endroits de Middletown où coulait de la bière et, plus sûrement encore, des torrents d'aquavit : « On a du sang viking dans les veines, Joe. Ça nous a forgé le caractère et les gènes. Comment penses-tu qu'on aurait pu résister autrement à des siècles et des siècles de famines et de mauvais traitements ? C'est dans l'ADN des Jenson de se prendre des coups dans la tronche et de faire face. »

Joe enjamba d'un saut la barrière à clairevoie qui isolait la maison des terres agricoles. Un paysage aux pentes douces, inégalement bosselé, s'étendait à perte de vue sous la lumière fragile d'une lune à moitié ronde. Alors qu'il marchait dans la prairie, Joe entendit ses deux chevaux hennir à l'intérieur du box où on les enfermait la nuit. Ils le firent exactement au même instant comme si, bien qu'hébergés par deux corps différents, leurs cerveaux ne faisaient qu'un. Une pensée s'insinua dans l'esprit de Joe et refusa de s'en déloger. Il n'y résista pas longtemps. Il sortit son portable et appuya sur l'icône d'un numéro préenregistré. Quelques sonneries plus tard, la voix de son frère résonnait, traînante et ténébreuse :

– Allô ?

– Tony, c'est moi, Joe. Je te réveille ?

– Joe ? Il est…

Il entendit le bruit d'un farfouillement lointain. Quelque part sur sa table de nuit, Tony devait vérifier l'heure.

– Putain, Joe, il est cinq heures du mat'. Qu'est-ce qui se passe ? Il est arrivé quelque chose aux parents ?

– Non, non, rassure-toi.

– Non ?

– J'avais simplement besoin de te parler.

– Sans blague !

– Je viens de réaliser que tu es la seule personne avec qui je peux vraiment parler. Ça paraît con parce qu'on ne se parle jamais, mais pourtant c'est vrai.

Joe prit le grommellement qui s'ensuivit comme une invitation à continuer.

– Tu sais, l'autre jour, quand on s'est quittés à l'aéroport, je t'ai dit que ça allait bien. En fait, je t'ai menti. Ça ne va pas, Tony. Pas du tout même. Je crois que ça fait longtemps que ça ne va pas.

– Désolé, mon vieux.

– Je pense que je n'aime plus Sandy comme avant. Si ça se trouve, j'aime quelqu'un d'autre.

– La serveuse du Famous Dave's ? s'amusa Tony.

– Non, pas la serveuse. Ne te fous pas de ma gueule, s'il te plaît. C'est sérieux ce que je te dis.

– Excuse-moi.

Joe marqua une pause :

– Et puis il y a un autre truc, Tony.

– Je t'écoute.

– Réponds-moi honnêtement. Est-ce que tu es gay ?

Joe perçut le souffle accéléré de son frère au bout de la ligne.

– C'est important pour moi de le savoir.

– …

– Au fond, je m'en fiche, rectifia Joe, que tu sois gay ou pas. J'ai d'autres chats à fouetter comme on dit. Et puis je crois que je suis devenu moins con sur ces sujets-là. Simplement ça me ferait plaisir que, pour une fois, tu me dises la vérité.

Il y eut une longue pause, à l'issue de laquelle Tony déclara :

– Alors… alors disons que oui.

– C'est super, Tony. Enfin, je veux dire, c'est super que tu puisses me le dire enfin.

La conversation se poursuivit sur l'engagement de Joe à rester muet comme une tombe sur ces révélations et, de là, sur une diatribe de Tony contre leurs parents et leur pingrerie à son égard, contre le coût exorbitant de la vie à New York et l'impossibilité d'y trouver un logement décent puis, après un quart d'heure de plaintes similaires, contre tous ces endroits de rencontres fréquentés par de jeunes écervelés où, à seulement trente-six ans, Tony apparaissait déjà comme un vieillard.

Joe n'attendait pas grand-chose de ce coup de fil. Il eut cependant l'impression d'être un peu moins seul au bout du compte. Il y avait dans le secret bien gardé de son frère un écho au mystère qu'il entretenait lui-même sur sa vie. C'était comme une connivence de conspirateurs, qui le liait à Tony de manière romanesque. L'idée lui plut et il lui fut plus facile de s'endormir.

Le lendemain matin, Joe chercha à joindre Lisa à plusieurs reprises mais toutes ses tentatives se heurtèrent au mur de sa boîte vocale, où il laissa une dizaine de messages qui tous exprimaient son désir de la rencontrer pour s'expliquer sur la soirée de la veille. Plus tard, elle lui envoya un SMS : « Je préférerais ne pas te voir pour l'instant. J'ai trop de choses dans la tête. Je t'embrasse. » Du Lisa tout craché, pensa-t-il, amer. Lisa, Lisa, Lisa... Il répéta son nom comme un mantra, des dizaines de fois. Un tiraillement au creux de l'estomac lui fit se rendre compte à quel point il était attaché à elle de manière irrémédiable et combien ne plus la voir lui serait odieux.

Contre toute attente, ses parents s'invitèrent à déjeuner ce jour-là. Ruth avait cuisiné chez elle toute la matinée et débarqua avec une batterie de plats sans avoir consulté au préalable ni Sandy ni Joe sur l'opportunité d'une telle visite. Si Sandy fut offusquée par la présence impromptue de ses beaux-parents, elle fut assez discrète pour ne pas le montrer. Joe, lui, en fut sonné et ne se priva pas de le dire :

– M'man, tu ne peux pas débarquer comme ça sans

prévenir, lui souffla-t-il alors qu'elle dérangeait l'ordre fragile du plan de travail de la cuisine pour y caser ses casseroles.

– J'ai pensé que ce serait bien pour tout le monde de manger un peu sainement.

– Qu'est-ce que tu racontes ?

– Les enfants de sept ans ont le vocabulaire adéquat pour décrire ce qui les dérange.

– Noah s'est plaint de mal manger ?

– Pizzas, hamburgers, pâtes, pizzas, hamburgers, pâtes… Je ne vois pas dans tout ça les fruits et légumes nécessaires à la bonne alimentation de deux enfants. Ni à celle d'un jeune homme de trente-deux ans en pleine possession de ses moyens, ajouta-t-elle en lui pinçant gaiement la joue.

Dès qu'ils furent attablés, les six membres de la famille se prirent par la main et Ruth dit le bénédicité en fermant les yeux :

– Bénissez, Seigneur, cette table si bien parée. Nourrissez aussi nos âmes, si affamées. Et donnez à tous nos frères de quoi manger. Amen.

Les choses de la vie courante reprirent le dessus et la discussion s'orienta naturellement vers les affaires locales. C'est Ruth qui, à table comme dans tout ce qu'elle entreprenait chez elle, menait le bal. Elle n'en revenait pas de la pugnacité du pasteur de l'église luthérienne de la Concorde, qui insistait toujours et encore pour accueillir à l'intérieur de ce bâtiment consacré des migrants sans le sou, en quête d'un travail. Des hommes aux antécédents parfois flous, comme se plaisaient maintenant à le dénoncer certains journaux conservateurs locaux.

– « Tout le monde a droit à sa chance, Ruth. C'est ça l'Amérique, c'est ce sur quoi ce pays s'est bâti », voilà ce qu'il a osé me dire. « Ce pays s'est bâti sur la violence », je lui ai répondu. « Des millions d'hommes en ont tué des millions d'autres pour que ceux qui restaient debout puissent construire ensemble une vraie nation. Maintenant que tout est parfaitement en place, il est temps que cela cesse. »

– Tu as absolument bien fait, dit Keith. Je me demande si je ne devrais pas parler de ça à mon prochain meeting.

Ruth, comme à son habitude, n'écoutait que sa fureur.

– « Je parle de charité chrétienne, Ruth. De charité chrétienne. Est-ce que cela a un sens pour vous ? » m'a-t-il balancé.

– Ce type est un danger, commenta Keith.

– « Est-ce que le Diable mérite la charité de Dieu ? » lui ai-je répondu aussi sec. Et là, il a haussé les épaules, mais moi je n'ai pas cédé. « C'est à cause de gens comme vous qu'on ne voit ici que de sales bonshommes aux sales manières et au sale passé », j'ai ajouté.

Keith applaudit. Excitée par l'enthousiasme servile de son mari, Ruth enfonça le clou :

– « Des mâles, des mâles, des mâles, il y a des mâles partout où l'on va maintenant, au Walmart, à la station-service, à la gare, dans les rues, dans les restaurants et j'imagine dans les bars. Partout, partout, partout, on ne voit que des bonshommes qui ne cherchent qu'une seule et unique chose : gagner le plus d'argent possible pour le dépenser aussitôt. Je trouve ça parfaitement dégoûtant », je lui ai dit.

Keith s'esclaffa, leur petit duo fonctionnait à merveille, l'un et l'autre se divertissaient égoïstement de leur propre performance sans se soucier des réactions de leur public. Joe écoutait d'une oreille distraite ce qui était devenu une litanie familiale, un bruit de fond incommodant qu'il s'efforçait de rendre supportable, essentiellement en l'ignorant. Quant à Sandy, elle était légèrement ailleurs, sans que l'on sût vraiment où. L'attention de Joe fut soudain aiguillonnée par les propos de son père :

– Tu savais que la petite Jenson travaillait pour Don Jorgenson ? demanda Keith à son épouse.

– Lisa ? intervint Sandy. Si je m'en souviens bien, on l'a croisée au Walmart avec Joe le mois dernier.

Ruth regarda son fils avec suspicion, mais il n'en perçut rien.

– D'après ce que j'en sais, reprit Keith, elle s'est acoquinée avec les Indiens de Standing Rock.

– La pomme ne tombe jamais très loin de l'arbre, lâcha Sandy. Ses parents étaient déjà des communistes, non ?

– Des beatniks, ma chérie, pas des communistes, précisa Keith.

– Des hippies, pas du tout des beatniks, dit Ruth avec un mépris qui témoignait de son désir de prendre la main sur une conversation qu'elle n'avait pourtant pas initiée.

– Bonnet blanc et blanc bonnet, si tu veux mon avis. Enfin bref, d'une manière ou d'une autre, la voilà embringuée avec de sales rouges, s'esclaffa Keith, satisfait de son bon mot.

Joe se demandait jusqu'à quel point il allait pouvoir tenir dans ce rôle de témoin muet qu'on lui avait un jour assigné et auquel il ne dérogeait jamais. La méchanceté et le côté odieux de ces propos ne lui auraient pas sauté aux yeux quelques mois plus tôt. Il réalisa combien les derniers événements avaient mis à l'épreuve sa capacité à encaisser ce qui auparavant lui aurait semblé sinon divertissant, du moins inoffensif. Sa frustration vis-à-vis de Lisa entamait chaque jour l'état de ses nerfs. C'était comme une lente mise à nu, chaque couche enlevée le laissant encore plus vulnérable et sensible. Il s'imaginait qu'il finirait par devenir une boule compacte d'insatisfaction, une petite douleur ambulante perpétuellement à vif, incapable d'aucune distanciation.

– Les grands-parents ne valaient pas grand-chose, enchérit Ruth, les parents encore moins, et le frère... Oh mon Dieu, le frère ! Paix à son âme mais quelle vermine. Combien de fois ne l'ai-je chassé de chez moi, celui-là, tu t'en souviens, Joe ?

Joe fit une moue dubitative qui agaça sa mère.

– Tu t'en souviens, toi au moins ? ajouta-t-elle à l'intention de son mari.

Keith acquiesça gravement des sourcils. Elle conclut – et Joe eut conscience qu'elle cherchait clairement à le provoquer :

– Non, vraiment, il n'y a rien de bon à tirer de cette famille. Surtout pas de cette petite...

– De cette petite quoi, m'man ? Petite salope ? Petite putain ? dit Joe calmement, en fixant sa mère.

– Je t'interdis ! hurla Ruth. Je ne veux pas qu'on prononce ces sales mots en ma présence.

– Tu n'es qu'une hypocrite, rétorqua Joe en se levant d'un bond.

Il quitta la table avec fureur. Sa chaise vacilla et se fracassa sur le sol. Sa fille Abigail en fut effrayée et éclata en sanglots. Joe était à peine sorti que sa mère se levait à son tour.

– Tout le monde sait parfaitement ce qu'il y a entre toi et cette bonne femme, asséna-t-elle posément, en haussant légèrement la voix pour couvrir les cris de sa petite-fille.

Ce fut au tour de Sandy d'être sous le choc. Elle fixait sa belle-mère sans comprendre. Joe revint sur ses pas.

– Qu'est-ce que tu racontes ?

– Les gens voient et les gens parlent. On m'a rapporté certaines choses sur toi et cette Lisa. Des choses qui ne m'ont pas plu et qui ne plairaient certainement pas à cette pauvre Sandy si je les lui répétais, répondit Ruth froidement, sans faire cas de la présence de la jeune femme.

– Sandy est là, dit Joe en désignant sa femme de l'index. À côté de toi. Est-ce que tu t'es au moins aperçue qu'elle partageait ton repas ? Vas-y, répète-lui ce que disent les gens, ne te gêne pas.

Sandy porta la main à sa bouche et ses lèvres dessinèrent un O d'effroi. Ruth se rassit en ignorant le regard de son fils.

– Ah non, trop facile ! hurla Joe. Répète ce qu'on t'a dit !

Ruth, arborant un léger sourire, entreprit de manger délicatement son dessert du bout de sa petite cuillère. Une désinvolture affectée qui mit Joe hors de lui :

– Répète-le, putain de bordel !

Keith se leva, attrapa son fils par le col de sa chemise et, de son poing puissant, le força à se rapprocher de lui. Les visages des deux hommes étaient à quelques centimètres l'un de l'autre.

– Excuse-toi auprès de ta mère.

Joe se taisait, ses yeux étaient rivés sur Keith mais il était impossible d'y lire aucun sentiment. Au fond de lui-même, il était fier de lui. Fier d'avoir résisté à sa mère, fier de résister maintenant à son père. Soudain, bouleversée par autant de tension, Sandy se leva de table et se rua hors de la pièce. On entendit ses pas qui heurtaient les marches de l'escalier menant à l'étage.

– Lâche-moi, s'il te plaît, dit Joe à son père.

Keith obéit. Joe s'écarta de lui, porta les deux mains à son col de chemise et le réajusta par réflexe. Puis il sortit de la maison et monta dans sa voiture.

Joe fit des dizaines de kilomètres sans but défini, musique à fond, l'air sombre et rageur, les mâchoires serrées. Quand l'environnement lui sembla propice, il s'arrêta et sortit de sa Jeep en claquant la portière. Il hésita encore, regarda autour de lui. Un calme de fin du monde régnait alentour : aucune présence humaine à des dizaines de kilomètres à la ronde. Joe s'avança de quelques mètres sur la lande, défit sa ceinture, baissa son pantalon, fit glisser son caleçon sur ses genoux et se mit à se masturber furieusement. Il jouit très vite en poussant un hurlement sauvage qui n'avait rien d'un cri de jouissance. En se rhabillant, il observa sa semence qui se mêlait à la poussière orange de cette terre réputée infertile. Elle avait l'aspect d'un long serpent translucide et bombé qui aurait explosé en plusieurs morceaux en atterrissant sur le sol. Joe l'écrasa rageusement du bout de sa chaussure, insistant encore et encore jusqu'à n'en laisser subsister aucune trace, puis il remonta dans sa voiture, plein d'un flegme nouveau.

Les bureaux de l'Agence pour la protection de l'environnement à Bismarck étaient conformes en tous points à ce que l'on imagine de bureaux fédéraux dont les ressources budgétaires ont à souffrir, année après année, d'une diminution constante. Rien de très neuf donc, ni d'extrêmement confortable dans la pièce où Karen et Lisa attendaient patiemment depuis déjà une demi-heure que Roy Cleese, le secrétaire du département santé, les reçoive enfin. Karen, que cet entretien officiel rendait nerveuse et un rien irascible, perçut dans ce retard une tentative déguisée de venir à bout de leur détermination et de les faire déguerpir. Son opiniâtreté d'en découdre avec l'institution n'en fut que démultipliée. Les deux femmes durent attendre quinze minutes supplémentaires avant que l'homme ne les invite à entrer dans un bureau sommaire, dont l'agencement semblait répondre aux mêmes exigences de frugalité mobilière que la salle d'attente voisine.

Roy Cleese était un homme affable, d'une soixantaine d'années, tout en longueur et en maigreur. Ses cheveux blancs étaient gominés et partagés par une raie impeccable. Il s'excusa avec sincérité de les recevoir avec autant de retard puis :

– Asseyez-vous, Karen. Je peux vous appeler Karen ?

– Tout autre nom serait une grossière erreur, dit-elle calmement.

Roy avait fait le Vietnam au moment où Karen faisait le tour du monde en protestant contre des gens comme lui. Devant autant d'agressivité rentrée, le militaire qui sommeillait toujours en lui se réveilla et, plutôt que se défendre, décida d'attaquer :

– Vous vous souvenez des années quatre-vingt, Karen ? Quand vous et vos collègues ranchers empruntiez à un taux de vingt pour cent auprès des banquiers ? Quand certains de ces fermiers, en plus du travail sur leurs terres, devaient se débrouiller pour trouver un job supplémentaire en ville pour survivre ? Quand, une fois licenciés de ce job – parce que, rappelez-vous, les choses sont allées de plus en plus mal ces années-là –, ils quittaient en masse l'État pour aller travailler pendant huit ou neuf mois en Arizona ou ailleurs et ne revenaient bosser chez eux que pendant la saison d'été ? Vous vous souvenez sans doute aussi que pour couronner le tout – et c'était la cerise sur un gâteau déjà bien indigeste – nous avons eu à subir la pire sécheresse enregistrée depuis la Grande Dépression ? Vous savez que je ne raconte pas d'âneries, Karen. Eh bien, le pétrole nous sauve de la possibilité que l'Histoire se répète de cette façon-là.

– Je ne suis pas sûre que ce soit exactement la vérité vraie, en tout cas pour le pétrole.

– Les hydrocarbures de schiste sont une immense chance pour cet État comme ils le sont pour ce pays, il serait malheureux d'en douter.

– Ça, monsieur Cleese, c'est votre opinion. En attendant, il me semble que moi, par exemple, le pétrole ne me sauve de rien, ça aurait même plutôt tendance à me perdre si l'on en croit ces chiffres.

Karen déplia ses résultats d'analyses et les posa sur le bureau. Roy s'en empara, ses yeux s'y attardèrent quelques instants puis il les reposa avec un air dubitatif.

– Ce qui s'est passé ici est une véritable révolution. Je le reconnais, tout est allé très vite, trop vite sans aucun doute. Certains peuvent s'en plaindre et je peux le comprendre. Mais depuis deux ans les choses se sont stabilisées. Je dirais même qu'elles se sont rationalisées. Des centaines de jeunes de la région ont trouvé un travail et il n'y a aucune raison qu'ils ne le conservent pas. Où seraient ces jeunes sans le pétrole ? Vous avez des enfants, je vois, dit-il en souriant à Lisa. N'ont-ils jamais profité des infrastructures que le pétrole a financées ?

– Mon fils Matt est mort percuté par un des dix-huit roues de la Bakken Oil & Gas, si c'est ça que vous appelez *profiter des infrastructures du pétrole*, monsieur Cleese.

– Je suis sincèrement désolé, Karen. Je ne voulais pas…

– Vous devriez vous renseigner avant de parler, c'est tout.

Sur un regard de sa mère, Lisa s'empara d'un lourd carton au format A4 qu'elle déposa sur le bureau du secrétaire à la santé : le résultat de leur campagne de pétition.

– Voilà trois cent dix-sept signatures de gens qui, eux non plus, ne profitent pas réellement des bienfaits du pétrole, monsieur Cleese, annonça la jeune femme.

Roy prit une liasse du carton et se mit à lire quelques noms au hasard.

– Je vais bien sûr le vérifier dans le détail mais je suis persuadé que j'ai entendu parler de chacun des cas que vous rapportez. Si c'est ce que je pense, la plupart ne sont même pas liés à l'activité pétrolière. Nous avons enquêté de notre côté, vous pensez bien. Nos équipes sont sur le terrain en permanence. Ce que je peux vous dire, c'est que le Conseil de protection de l'eau, la Commission inter-États pour le pétrole et le gaz, et l'Agence pour la protection de l'environnement ont mené des études et effectué des tests indépendants sur la majorité des territoires concernés et n'ont trouvé aucun cas, *aucun cas* vous entendez, où pouvait être apportée la preuve que la fracturation hydraulique constituait un danger pour la santé de nos concitoyens.

À ces mots, Karen se pencha pour récupérer son sac à main et en sortit un flacon rempli d'un liquide marron où flottaient quantité de micro-organismes d'origine incertaine.

– Voici un échantillon tout frais de ce matin de l'eau qui s'écoule du robinet de ma cuisine. C'est de l'eau potable a priori. Je voudrais que vous en buviez une gorgée, dit-elle en dévissant le flacon.

– Madame Wilson, soupira Cleese avec une lassitude nuancée d'une pointe d'agacement.

Karen, qui avait noté avec intérêt le glissement du prénom au patronyme, tendit le flacon à l'homme.

– Allez, Roy, une petite gorgée.

– Si cette eau est pathogène, c'est mon devoir et ma mission de vous interdire de la consommer.

– Mais vous refusez d'admettre que ça pourrait être la faute d'une contamination de notre puits, intervint Lisa.

– Je ne dis rien de tout cela, mademoiselle.

– Je crois que je suis plutôt une bonne nature, enchaîna Karen. Pas nécessairement une optimiste, mais pas non plus une défaitiste. Sauf que là, je ne vois pas comment les choses vont s'arranger. Personne ne devrait avoir à crier, à pleurer, à s'entendre dire non sans arrêt quand il s'agit de sa santé. Je ne parle même pas de moi, ici. J'élève des bêtes, c'est mon métier, ma petite mission à moi, monsieur Cleese. Si mes bêtes mangent des saloperies et même respirent des saloperies, il n'est pas du tout exclu que ces saloperies se retrouvent un jour dans votre assiette ou celle de vos petits-enfants par exemple. Ça ne vous dérangerait pas de voir votre famille intoxiquée en raison de votre négligence ?

Roy Cleese sourit de l'habileté de la rhétorique.

– Vous savez, il y a une sacrée différence à être d'un côté ou de l'autre de ce bureau. De votre côté, les choses sont claires. Vous n'êtes pas satisfaites des agissements de l'industrie sur vos terres et vous voudriez les voir sanctionnés. Sauf que l'industrie agit en toute légalité et que ce serait un sacré casse-tête de prouver le contraire. Pour ma part, étant de ce côté-ci de ce bureau, je ne peux avancer qu'en faisant des compromis avec les uns et les autres : les représentations locales de l'État, l'État fédéral lui-même, l'industrie, les citoyens. Mon job c'est d'agir assez habilement pour que les intérêts de toutes les parties deviennent compatibles. C'est une longue valse-hésitation. Deux pas en avant, un pas en arrière, c'est parfois agaçant mais c'est la seule façon de procéder pour que les choses bougent vraiment.

– Nous voudrions voir l'industrie prendre enfin ses responsabilités et cesser de nous mentir, dit Lisa, agacée.

– Alors, prenez un avocat.

– Monsieur Cleese ! cria Karen.

– Prenez un bon avocat et faites entendre votre voix si vous pensez que vos droits sont bafoués ou que votre santé est menacée. Ce n'est pas le genre de choses que la justice de ce pays prend à la légère.

Karen et Lisa eurent le même ricanement de désillusion. Un silence s'abattit. Le ton du secrétaire à la santé se fit plus compatissant.

– Je vais vous dire une chose, reprit-il en fixant alternativement Karen et Lisa. Il n'existe aujourd'hui aucune source d'énergie qui soit absolument sans danger. Même les énergies dites *renouvelables* font appel à des matériaux difficilement recyclables dont l'extraction elle-même est parfois dangereuse et souvent contraire à la déontologie écologique. La fracturation hydraulique n'est sûrement pas parfaite, mais elle n'est pas plus néfaste que n'importe quelle autre technique d'extraction conventionnelle. Ni les hommes ni les pratiques ne sont jamais irréprochables. Il y a probablement ici et là des comportements à risque, qui débouchent sur des cas isolés de contamination, comme c'est peut-être le cas avec votre puits, nous verrons ce qu'il en est réellement. Sachez que mon but, comme celui de tous mes collègues ici – et ce sont des gens bien, je peux vous l'assurer –, est de faire qu'un jour tout risque soit complètement écarté.

Karen se mit à rassembler ses affaires. Ses analyses. Son flacon d'eau polluée.

– Il y a ceux qui ne savent pas, rétorqua-t-elle en fourrant avec soin et lenteur ces divers éléments dans son sac. Je les appelle des *imbéciles*. Et il y a ceux qui savent et ne font rien. Ceux-là, je les appelle des *assassins*.

Elle se leva, ajusta la bandoulière de son sac sur son épaule. Roy Cleese sourit faiblement, se leva à son tour et tendit une main à Karen, qui ne fit rien pour s'en emparer. Le bras de l'homme retomba contre sa cuisse.

Les deux femmes ne se dirent pas un mot pendant plusieurs minutes. Karen était démoralisée de cet entretien, avec l'impression d'avoir gâché son temps et de s'être fait gruger. De son côté, Lisa se disait que si Steven avait été présent, il aurait méthodiquement renversé le bureau de ce type, lui aurait balancé à la figure le bocal d'eau pourrie qu'elles avaient apporté ou aurait tenté quelque chose d'équivalent, son imagination semblait particulièrement prolifique quand il s'agissait de trouver des moyens de frapper les esprits. Elle eut soudain la conviction que les droits élémentaires des êtres humains semblaient ne plus avoir leur place dans la résolution de l'équation que posait le nouvel ordre mondial. La violence si, de toute évidence. La violence n'avait jamais cessé de constituer une menace avérée, indiscutable, admissible. C'était regrettable mais c'était ainsi. Et c'était pour cette raison que Steven avait décidé d'agir comme il le faisait. En soi, cela ne résolvait rien non plus, c'était une autre impasse, Lisa le savait, mais elle imaginait à présent une infinité de bonnes raisons au recours à la force, à commencer par le fait que cela devait faire du bien, procurer au moins le sentiment d'être vivant et de résister un peu au cynisme et à l'arrogance de types comme ce Roy Cleese.

Le soir même, à dix-huit heures précises, Karen se planta devant son poste de télévision. Trois jours auparavant, elle avait reçu la visite d'une journaliste de la chaîne câblée locale qui avait eu vent de son histoire par Don Jorgenson en personne. La reporter s'était rendue sur l'exploitation des Wilson et avait interviewé Karen pendant près de deux heures. En fin de matinée, alors qu'elle patientait dans les bureaux de l'EPA, Karen avait reçu un SMS de la journaliste lui indiquant l'heure de la diffusion du reportage dont elle avait été l'objet.

– Ici Jennifer Paltrow sur KXMD-TV. Aujourd'hui, je suis avec Karen Wilson qui est à la tête d'un élevage de Black Angus avec son mari Peter. Bonjour, Karen. Des choses bizarres se passent sur votre ranch depuis quelque temps, n'est-ce pas ?

Le visage de Karen apparut et elle reçut comme une gifle de se voir ainsi à l'écran. Elle se trouva non pas laide – elle s'était toujours peu souciée de son apparence physique – mais affreusement triste.

– Ça dure depuis plus d'un mois et rien n'est fait. On dirait que les autorités sont du côté des compagnies pétrolières. Mais qui est de notre côté à nous ? Qui se soucie vraiment de ce que l'on pense et de ce que l'on endure ?

Devant la journaliste, Karen se plia de nouveau à la démonstration de l'eau enflammée par le méthane, exhiba une fois encore un flacon rempli d'une eau crasseuse qui témoignait du degré de contamination de son puits, évoqua la contrainte énorme, d'un point de vue logistique et financier, de devoir régulièrement remplir leur citerne nomade. Sur ces images déjà dérangeantes en soi, la journaliste avait greffé un commentaire et une musique exagérément sinistres :

– À observer Karen Wilson, on voit qu'elle n'est déjà plus que l'ombre d'elle-même. Les médecins s'interrogent sur l'évolution de sa santé et les conséquences irréversibles d'une telle contamination. Comme elle le dit elle-même, quelqu'un doit entendre sa voix. Mais qui ? Il semble que les autorités aient délibérément choisi de l'ignorer pour l'instant. Quant aux compagnies pétrolières, il n'est pas exagéré de dire qu'elles s'en lavent les mains… avec une eau pour le moins douteuse, il faut en convenir.

Karen détesta cette mise en lumière mélodramatique de sa situation. De dépit, elle éteignit le téléviseur.

Quelques minutes plus tard, le bruit sourd d'un

klaxon la fit sursauter. Le chauffeur insista, l'air vibra puissamment plusieurs fois de suite, quelque chose devait le gêner pour avancer comme il l'entendait. Karen se précipita vers la fenêtre de la cuisine. À trois cents mètres de là, un poids lourd tentait de se forcer un passage à travers un troupeau d'une quarantaine de bêtes qui paissaient aux environs du chemin carrossable. Bien que la distance l'empêchât de saisir la scène dans tous ses détails, Karen eut l'impression que le dix-huit roues utilisait la puissance de son pare-chocs avant pour contraindre les animaux à s'écarter. Sa colère monta d'un coup. Elle arracha les clefs de sa voiture à leur crochet fixé au mur et se précipita à l'extérieur. Alors qu'elle effectuait une marche arrière pour se retrouver face à la piste, les pneus de sa vieille Ford crissèrent, faisant jaillir d'épaisses bouffées de poussière brune qui s'épaissirent au fur et à mesure que le véhicule avançait sur le chemin de terre sèche.

Le bétail finit par s'égailler dans la nature et le poids lourd reprit de la vitesse. C'est alors que le chauffeur s'aperçut de la course folle de la Ford et appuya sur son klaxon dans un geste d'incompréhension. Mais rien ne pouvait fléchir la décision de Karen de foncer vers ce qui était visiblement devenu à ses yeux un ennemi à traquer. L'homme, vingt-cinq ans tout au plus, écrasa l'accélérateur de toute la force de son pied droit. Le camion eut un hoquet puis sa vitesse augmenta progressivement. À travers son rétroviseur, le chauffeur vit sa poursuivante se rapprocher encore. Il accéléra. Des graviers mitraillèrent ses pare-chocs et éclaboussèrent avec violence les bas-côtés sur son passage. Avec l'intention de dépasser le camion, Karen braqua le volant vers la gauche et les quatre roues de la Ford vinrent mordre la prairie décharnée. Les nombreux dénivelés du terrain freinaient sa progression, Karen était chahutée à l'intérieur de l'habitacle, son crâne frôla à trois reprises le toit de tôle mais sa rage était telle que rien ne semblait en mesure de contrarier son projet. Elle se mit à hurler. Un cri sauvage qui lui venait des entrailles, un mélange compliqué de joie, de désespoir et de fureur. Soudain le camion fit à dessein une embardée dans le même sens qu'elle. Karen fut contrainte de s'écarter vers une zone encore plus chaotique. Elle tenta d'accélérer pour tenter de dépasser une nouvelle fois le camion mais celui-ci fonçait à une vitesse équivalente, en se décalant de plus en plus sur sa gauche. Karen ne vit pas – ou n'eut pas le temps d'éviter – le léger tremplin derrière lequel se dissimulait une dénivellation d'au moins trente centimètres, suffisante pour que l'avant de son véhicule s'écrase contre le sol sec et dur de la prairie. Dans un bruit de métal défoncé, la tête de Karen vint fracasser le pare-brise avant que son torse, tel un pantin de chiffon, ne soit plaqué en sens inverse contre le fauteuil du fait de la ceinture de sécurité. Le moteur s'arrêta de lui-même. Tout devint affreusement calme.

Le chauffeur du camion gara son véhicule à une dizaine de mètres. Il en sortit et se rapprocha, terrorisé, de la voiture accidentée. Karen saignait abondamment. À la voir immobile, paupières fermées, avec ce sang qui coulait sur le visage, on aurait pu la croire morte. L'homme, paniqué, tenta en vain de forcer la portière, d'abord d'une main puis des deux. Karen écarquilla brusquement les yeux et observa son expression ahurie. Quelle pensée la traversa subitement ? Elle leva péniblement la main droite, déplia le majeur et fit au chauffeur un très ostensible doigt d'honneur. Au même instant, tandis que ses yeux le fixaient, sa bouche se tordit en un rictus qu'elle aurait voulu de mépris, mais qui n'était que monstrueux. L'homme suspendit ses gestes et la fixa longuement, sans rien saisir de ce comportement haineux.

À moins de deux mois des élections municipales, Keith Jenson tenait coûte que coûte à multiplier ses apparitions publiques sur la scène locale. Voilà pourquoi plus de trois cents personnes étaient réunies ce soir-là en pleine zone industrielle, dans un hangar rendu festif par des hectomètres de papier crépon tricolore qui embellissaient ses murs en parpaing, des ballons bleu-blanc-rouge qui flottaient joyeusement un peu partout, des chapeaux hauts de forme et des fanions frappés du slogan *Go for Keith* qu'arboraient les invités. C'était grâce aux bons soins de Ruth que la magie de cette transformation avait pu opérer, mais plus encore aux levées de fonds qu'elle organisait avec méthode depuis plusieurs semaines. Outre certains soutiens financiers individuels, la campagne de Keith avait bénéficié, par l'entremise de son épouse, des largesses de pas mal d'entreprises privées qui voyaient dans la libéralité du candidat vis-à-vis du monde des affaires le signe que leurs initiatives commerciales seraient d'autant plus encouragées s'il remportait l'élection. C'était le cas de quelques compagnies du pétrole à qui Keith avait fait clairement entendre que la crise de l'oléoduc de Standing Rock ne serait plus qu'un mauvais souvenir s'il était élu, sans d'ailleurs jamais s'expliquer précisément sur la manière dont il entendait parvenir à un tel résultat.

Sur l'estrade, Ruth, vêtue d'un strict tailleur bleu lavande – qui lui donnait un côté Nancy Reagan assumé –, entama un discours dont chaque inflexion, chaque nuance de vocabulaire tendait à prouver aux yeux de l'assemblée que l'homme intègre et dévoué, croyant et courageux, pugnace et intransigeant qu'elle avait épousé il y a bientôt quarante ans et avec lequel elle avait eu deux merveilleux fils constituait pour cette municipalité une chance *absolument* unique qu'il ne fallait en aucun cas laisser filer. Chauffée à blanc, la foule applaudit à tout rompre quand Keith apparut à sa suite en costume de lin beige, son crâne dégarni sanctifié par une casquette bleu marine où le slogan de sa campagne était brodé en lettres écarlates. Au premier rang des invités s'alignait une brochette de notables de la région, parmi lesquels Don Jorgenson, qui représentait les intérêts de son syndicat d'agriculteurs. Les opposants au projet d'oléoduc – Lisa et Steven en première ligne – étaient parqués sur le côté gauche de la salle et contrôlés de près par une armada de vigiles privés et de policiers en uniforme. Peter Wilson avait fait le déplacement mais il était venu seul : Karen, toujours sous le choc de son accident et encore assez peu présentable dans le cadre d'une apparition publique, avait préféré s'abstenir. Et puis, planqué au tout dernier rang – à l'image sans doute de la place qu'il avait occupée au cours de ses brèves études –, il y avait Joe, dont les yeux étaient rivés au couple que formaient Lisa et son petit ami.

Le discours de Keith tourna autour de ses trois thèmes de prédilection : la corruption des mœurs américaines, l'incompétence ahurissante du gouvernement fédéral en matière fiscale et la mystification absolue que constituait le concept de réchauffement climatique. Il semblait personnellement s'alléger d'un poids considérable de faits non avérés et d'opinions contradictoires, en appelant à Dieu quand ses arguments manquaient de rigueur intellectuelle ou qu'il voulait leur donner une caution suprême :

– L'homme se croit-il assez puissant pour imaginer qu'il peut avoir une influence quelconque sur le cours de l'histoire du monde ? Comment peut-il avoir assez d'arrogance pour imaginer que sa contribution à l'œuvre de Dieu, aussi considérable soit-elle à l'échelle d'une vie, puisse avoir la moindre répercussion sur quelque chose qui a mis des milliers d'années à se construire et dont la compréhension nous dépasse tous ici ? Plus que n'importe qui sur cette planète nous savons ce qu'est un changement climatique. Personne d'autre que les habitants de cet État n'a à souffrir autant du froid en hiver et de la chaleur en été. Dieu nous a récompensés de notre patience et de notre pugnacité en nous accordant Ses bienfaits. Pourquoi voudrait-Il que nous cessions brusquement de tirer parti de ce qu'Il a daigné accorder à notre sous-sol, au moment où nous commençons à peine à en profiter ? Pourquoi voudrait-Il soudain nous interdire de construire des écoles pour éduquer nos enfants dans le meilleur de Sa religion ? Pourquoi voudrait-Il que des gens se retrouvent au chômage, ici, sous prétexte que des tempêtes et des raz-de-marée se déclenchent, ailleurs, à des milliers de kilomètres de chez nous ? C'est Dieu et Dieu seul qui décide, qui non seulement décide mais qui est en mesure de déchaîner les océans, de fracasser l'une contre l'autre les plaques des continents, de convoquer les forces telluriques probablement pour nous rappeler à l'ordre et nous montrer l'état de délabrement de nos mœurs et de nos façons d'agir. Il nous punit. C'est Lui le Maître, vous entendez, le seul Maître. Notre Maître à tous.

Des applaudissements se mêlèrent à des huées en provenance du côté gauche de la salle.

Quand arriva l'épreuve imposée des questions-réponses, la voix de Steven s'éleva, puissante, au-dessus du brouhaha :

– Est-ce que c'est aussi Dieu qui a décidé de changer le parcours de l'oléoduc de Standing Rock ?

– Vous êtes ? fit Keith en se tordant le cou pour apercevoir son interlocuteur.

– Steven Boyle.

– Et vous venez d'où, Steven ?

– De New York, monsieur, mais vous n'avez pas répondu à ma question.

– Ah oui, votre question.

– Oui, pourquoi modifier le tracé de ce pipeline ?

– Ne me forcez pas à répéter ce que je dis depuis des mois, jeune homme. Le terrain en question appartient à l'État ou à des particuliers. Il ne passe en aucun cas sur le territoire des tribus sioux. En accord avec les autres propriétaires, le gouvernement est donc en mesure d'y faire ce qu'il veut. S'il décide d'y faire passer un oléoduc qui va créer huit mille emplois et limiter les risques de pollution induits par le transport routier et même ferroviaire, nous sommes beaucoup à estimer que c'est son droit le plus strict.

– N'a-t-il pas obligation malgré tout de consulter les tribus sur l'utilisation de ces terres ?

– Il l'a fait.

– Il l'a très mal fait, la preuve. On n'en serait pas là, autrement, monsieur Jenson.

– C'est votre avis, jeune homme.

– Et celui de milliers d'autres gens.

– Je vais vous dire une chose qui ne va sûrement pas vous plaire, mais ne sommes-nous pas ici pour que la vérité éclate enfin ?

Keith s'accorda une légère pause pour donner plus de force à ce qu'il s'apprêtait à dire, se délectant à l'avance de l'onde de choc qu'il allait provoquer.

– Si vous pensez que l'administration abuse de son autorité, observez un peu ce qui se passe réellement sur le terrain, observez par exemple comment les tribus dilapident les subsides qu'elles reçoivent du gouvernement fédéral et par conséquent des contribuables américains, observez ce qu'elles font des territoires qu'on leur accorde. Elles en font des zones de non-droit, monsieur Doyle, voilà ce qu'il faut savoir. Ce sont des milliers d'hectares que les forces de police et même leurs forces de police locales sont dans l'impossibilité pratique de sillonner à cause des dangers qu'elles encourent, des espaces qui échappent de ce fait à tout contrôle, où le taux de chômage est deux fois plus haut que partout ailleurs et où les taux de suicide, de corruption, d'abus sexuels, d'alcoolisme et d'overdose à la méthamphétamine sont incomparablement plus élevés que n'importe où dans ce pays, sauf évidemment sur des territoires similaires.

Les paroles de Keith recueillirent des grognements d'approbation et quelques applaudissements discrets.

– Tout est donc de leur faute, si je vous comprends bien ? insista Steven.

Keith le fixa avec un sourire satisfait.

– Je ne suis pas certain que vous soyez jamais en mesure de *bien me comprendre*, comme vous dites, répondit-il avec ironie.

– Et pourquoi donc ?

– Je vous conseille de relire l'histoire du rat des villes qui s'invite impromptu chez le rat des champs.

Des rires éclatèrent dans la salle. Une main impatiente se leva. Une autre question retentit. L'attention de l'audience fut déroutée vers le milieu de l'assemblée où une retraitée s'inquiétait de l'épineux problème des horaires du ramassage des ordures dans son quartier.

Personne ne se préoccupait plus vraiment de ce qui se passait parmi les opposants à l'oléoduc. Steven et Lisa en profitèrent pour plonger discrètement une main dans la besace qu'ils tenaient en bandoulière, en extirpant chacun un sac plastique mou, empli d'un liquide écarlate et sirupeux. Tout se déroula alors à une vitesse phénoménale. Échappant brutalement à la surveillance des vigiles, Lisa et Steven se ruèrent vers l'estrade et, dans une synchronisation parfaite, balancèrent sur le candidat à la mairie les poches qu'ils tenaient à la main.

– Vous avez déjà du sang sur les mains, monsieur le futur maire ! hurla Steven.

Les sacs éclatèrent sur le crâne et le costume clair de Keith Jenson, l'aspergeant d'un faux sang plus vrai que nature. Des cris percèrent dans tous les sens. Bien qu'il n'y ait eu ni déflagration ni contact physique, tout le monde pensa à un attentat ou à une tentative d'assassinat. Un mouvement de panique secoua la foule qui commença à se ruer vers les sorties possibles. Quand les gens réalisèrent que Keith était toujours debout, et qu'au lieu de s'effondrer il s'était mis à vociférer en passant et repassant ses deux mains pataudes sur le liquide visqueux et vermillon qui dégoulinait sur le beige de son costume, l'étalant plus encore au lieu de se calmer et de retirer sa veste par exemple, chacun comprit qu'il avait été victime d'une blague de mauvais goût. Ruth, elle-même éclaboussée par le liquide – qui faisait comme une constellation de taches de rousseur de ses cheveux jusqu'à sa taille –, en oubliait sa propre condition d'aspergée pour tendre Kleenex sur Kleenex à son époux. Keith, à bout de tout, s'emparait d'un mouchoir jetable, s'en frottait la poitrine puis le front, le jetait à terre, en reprenait un autre pour s'essuyer l'épaule droite, l'épaule gauche, la joue… Ses gestes étaient désordonnés, emplis d'une fureur où culminaient l'humiliation et le désespoir. Son apparence et l'hystérie de son comportement étaient finalement si burlesques que certains, même parmi ses plus proches amis, finirent par s'en divertir.

À ce stade, il y avait longtemps que Steven et Lisa avaient été appréhendés par les forces de l'ordre, menottés et jetés à l'intérieur d'un fourgon que le chef de la police municipale avait judicieusement garé à proximité, avant que ne commençât la réunion, en prévision de débordements.

Joe, du fond de la salle, avait assisté à la scène sans ciller. Ce qui était le plus terrible à ses yeux, ce n'était pas le poids de la honte que ses parents portaient et n'en finiraient probablement pas de porter, ce n'était pas non plus l'éventualité que cette pantomime macabre sonnerait sans doute la fin de la carrière politique de son père, c'était encore moins l'émotion et la panique que l'événement avait pu provoquer dans la salle, non, ce qui l'avait le plus choqué dans ce qui venait de se passer, c'était l'évidence de la complicité insupportable qui unissait Lisa à cet activiste new-yorkais.

Deux jours plus tard, Joe reçut un coup de téléphone embarrassé de Lisa. Steven et elle étaient toujours retenus en détention dans la prison du comté. Lisa avait usé de son droit d'appeler quelqu'un pour le contacter après qu'un juge eut décidé de leur accorder une liberté sous caution – qu'il avait accompagnée d'une restriction de déplacement à l'intérieur de l'État – en attendant leur déferement prochain devant un tribunal compétent.

– Tu veux que je paie votre caution, c'est ça ? fit Joe, partagé entre la joie de lui parler et la détestation de la raison qui avait poussé Lisa à le faire.

– Que tu nous l'avances, Joe. Si tu ne veux pas, je comprendrais. Mais je ne vois pas à qui d'autre je pourrais m'adresser.

Il ne réfléchit pas longtemps.

Joe avait subi nombre d'humiliations dans son existence, à commencer dans sa propre famille et, dans une moindre mesure, au sein des diverses écoles qu'il avait fréquentées. Il estimait cependant que son amour-propre était toujours demeuré intact, que quoi qu'il ait dû encaisser, l'image qu'il avait de lui-même n'avait jamais été ni altérée ni complètement pervertie par la vision que les autres en avaient, eux. Il tenait bon, il continuait à croire en sa bonne étoile et en ses capacités. Aujourd'hui, c'était une autre paire de manches. Devoir subir le regard désobligeant des autorités sous prétexte de faciliter l'existence à des gens qui, selon les commentaires des policiers, ne valaient pas le prix de leur culotte et avaient au passage ridiculisé son propre père, être méprisé par l'amant de la fille dont il était selon toute vraisemblance tombé très amoureux alors même qu'il venait de lui épargner un long séjour derrière les barreaux, recueillir les deux fauteurs de troubles à l'arrière de son véhicule comme si sa Jeep était un vulgaire taxi, tout cela constitua autant d'épreuves que Joe regretta amèrement après coup, au même titre que la conversation qui s'ensuivit.

– C'est ton père qu'on a arrosé, paraît-il ? commença Steven. C'est bien fait pour sa tronche. C'est hallucinant le nombre de débilités qu'il peut sortir. C'est un vrai facho, tu t'en rends compte ? Tu penses comme lui, je parie. On ne peut pas être élevé par un connard de cette envergure et en être totalement différent. Tu penses comme lui, non ?

– De rien.

– De rien ?

– Tu me remercies de t'avoir sorti de tôle, je te dis de rien.

– Ha, ha, très drôle.

– Je ne l'ai pas fait pour toi, je l'ai fait pour Lisa.

Lisa baissa le regard.

– Merci, Joe, dit-elle, gênée. Merci beaucoup.

Steven observa l'attitude de sa compagne et sembla comprendre quelque chose qui l'agaça.

– Je t'ai posé une question, ducon, est-ce que tu penses comme lui ?

– Ducon ? Vraiment ? J'ai du mal à croire qu'un type comme toi mérite les dix mille dollars que je viens de foutre en l'air pour lui sauver la gueule.

– C'est ce que tu as payé, dix mille dollars ? releva Steven.

On le sentait intrigué par ce montant. Un peu vexé peut-être de peser si peu lourd, tout compte fait. Joe, à travers le large rétroviseur, eut conscience de cet embarras.

– C'est pas grand-chose, hein ? Dix mille boules, ouais, c'est tout ce que tu vaux, mon pote.

– Arrêtez ! hurla Lisa. Vous ne pouvez pas vous en empêcher, les mecs, hein, de toujours comparer la taille de vos trucs ?

– Tu le défends ? s'écria Steven. Ce putain de mec, tu as le culot de prendre sa défense ?

– Tais-toi, s'il te plaît, dit-elle calmement.

Lisa posa une main sur la cuisse de son amant. Il l'écarta d'une bourrade.

– Est-ce que tu as au moins conscience qu'il représente tout ce qui nous nuit ? Le pétrole, le pouvoir du pognon, la collusion entre la politique et les affaires. Il vient de raquer dix mille dollars et il espère qu'avec ça, il va me fermer la gueule ? Mais je ne la bouclerai pas devant ce type.

Joe freina.

– Descends de ma caisse.

Steven ne fit pas un geste.

– Descends, bordel, ou alors ferme-la, tu entends ?

Le ton de Joe était si convaincant que Steven accepta de ne plus rien dire. Il y avait dans cette attitude d'apparente résignation une part de la compréhension intuitive que développe un mâle dominant quand il sait que son heure n'est pas venue, qu'il lui faut attendre encore un peu avant de porter l'estocade et liquider définitivement la concurrence. Ainsi, le silence se fit, pesant, plein d'animosité et de reproches en suspens. Ils roulèrent encore une vingtaine de kilomètres avant que Joe n'abandonne le couple sur une route à moitié cabossée, à une centaine de mètres d'une habitation isolée, au flanc d'une plaine amère et légèrement pentue. Seule Lisa le gratifia d'un merci qui résonna si timidement et si sombrement qu'elle aurait mieux fait de s'en passer. Puis ils disparurent, peu à peu avalés par la nuit, la tête rentrée dans les épaules, le corps tendu, comme deux malfaiteurs en cavale.

Joe attendit qu'ils aient franchi la porte de la maison pour s'éloigner à son tour. Il assimila cela à un signe de résistance de sa part. Quitter les lieux immédiatement, c'eût été fléchir devant eux, devant lui. C'eût été affirmer sa faiblesse et son ressentiment. Or Joe n'était pas en colère. Il était simplement honteux de constater jusqu'à quel point il était capable de se corrompre pour trouver grâce aux yeux de Lisa.

À l'intérieur de la maison, quand Lisa et Steven se furent allongés l'un près de l'autre, nus, comme ils le faisaient depuis maintenant plus de deux mois, la jeune femme ne rechercha pas la douceur et la chaleur du corps de son compagnon. Elle tint même à se positionner aussi loin de lui que possible, à ce qu'il n'y eût strictement aucun contact entre eux. Ce soir, elle détestait le type qui était couché à ses côtés. Son exaspération contre Steven était si vaste qu'elle trouva le moyen de s'y englober elle-même : elle se haïssait de vouloir le défendre et de l'excuser en permanence, elle se haïssait de se sentir constamment redevable vis-à-vis de lui et, par-dessus tout, elle se haïssait d'en être encore amoureuse.

Joe ne se reconnaissait plus. Quoi qu'il fît, il ressentait continuellement une boule au ventre. À la moindre occasion, une colère inaboutie s'emparait de lui. La seule raison qui l'empêchait de se faire vraiment du mal ou de cogner les autres logeait quelque part dans le carcan moral qui contraignait son tempérament depuis l'enfance et qui, pour l'instant, résistait assez bien à la charge des pressions extérieures.

Il avait fini par persuader Sandy que les propos de sa mère sur le sujet d'une éventuelle liaison entre Lisa et lui répondaient entièrement à la nature toxique de son caractère.

– Ma mère est méchante, il est temps que tu t'en aperçoives, c'est une mauvaise chrétienne, lui avait-il dit.

Sandy avait eu envie de le croire et les choses avaient semblé s'apaiser. Cela étant, Joe ne la touchait plus, de sorte que sa sexualité se réduisait à ses manipulations onanistes dans des prairies vides de gens et désormais vides d'attrait. Il se sentait minable d'avoir à recourir à ces pratiques mais plus il s'y adonnait, moins il se sentait la force d'y renoncer. Il paraissait clair qu'il avait développé en peu de temps une propension impressionnante à l'autoflagellation et au dénigrement de soi.

Pour une raison qui avait sans doute à voir avec cette pente morbide sur laquelle il s'était engagé, Joe s'était rapproché de son père, l'épaulant de plus en plus fréquemment dans les travaux domestiques auxquels Keith avait coutume de se livrer pour améliorer son habitat ou en augmenter la surface. Il n'était pas non plus impossible que les deux hommes se sentent unis par le même sentiment de disgrâce et de déchéance. Ils n'abordaient jamais ce qui s'était passé ce soir-là et dans les jours qui suivirent, bien qu'il fût clair que Keith avait été mis au courant des agissements de son rejeton par les autorités pénitentiaires. Le père ne voulait rien savoir non plus des liens que son fils entretenait avec cette jeune activiste et que son épouse avait ouvertement dénoncés. Ils persistaient à tout ignorer l'un de l'autre, ce déficit d'information constituant de manière paradoxale le ciment de leur amitié nouvelle.

Keith affirmait à qui voulait l'entendre s'être parfaitement remis de ce qu'il nommait son « assassinat politique », mais il avait renoncé au caractère public de ses apparitions pour se concentrer sur des réunions à huis clos, où il connaissait pratiquement tous les invités et n'avait de ce fait plus grand monde à convaincre et peu de nouveaux amateurs à recruter. La discrétion et l'ambition étant deux ennemis irréconciliables dans le cadre d'une vie publique, les chances de Keith d'accéder à la fonction municipale suprême s'amenuisaient, d'autant que ses amis le lâchaient les uns après les autres, préférant se focaliser sur un autre candidat, plus jeune, moins marqué religieusement, qui avait de surcroît les faveurs d'un des sénateurs républicains les plus en vue de l'État.

Un jour, Joe demanda à son père de lui apprendre à tirer à la carabine, sans le renseigner réellement sur ce qui le poussait à le faire, si tant est qu'il y eût une explication rationnelle à ce choix soudain. De la part de quelqu'un qui s'était toujours tenu loin du maniement des armes, ce revirement fut perçu par Keith comme un rapprochement filial qui faisait chaud au cœur en ces temps de disette émotionnelle, mais également comme un témoignage incontestable de son autorité paternelle. Il était désormais entendu que, tous les dimanches, ils se réuniraient pour tirer à la .22 long rifle sur deux cibles de métal que Joe avait achetées chez Walmart pour la somme de 37,99 dollars. Le père et le fils pouvaient passer des heures à s'entraîner et, pendant tout ce temps, ils n'échangeaient quasiment aucune parole, hormis le strict nécessaire au bon déroulement des choses. C'étaient des moments paisibles, où l'un et l'autre oubliaient les raisons qui les faisaient tenir aussi patiemment devant ces simples cibles, où tout danger était écarté, y compris celui de devoir se mesurer l'un à l'autre puisque les règles établies dès le départ précisaient qu'il n'y aurait aucun vainqueur, l'exercice devait être un pur plaisir, débarrassé de toute idée de compétition.

Joe se promenait maintenant en permanence avec son matériel dans son coffre. Parfois, pour se désennuyer, il sortait son arme et se mettait à tirer en l'air, sans but, simplement pour le plaisir d'activer sa Remington et d'entendre ses déflagrations dans le silence royal des lieux. Cela pouvait durer cinq minutes et il repartait, momentanément apaisé. Il aurait détesté ça auparavant. Cette violence inutile, ces détonations intempestives. Il y avait manifestement dans ces manipulations viriles un phénomène compensatoire à sa sexualité bridée par des mois de frustration et de sacrifices, mais Joe était trop aveuglé par son état d'insatisfaction pour s'en rendre compte.

Rapidement, il se mit à épier Lisa et Steven.

C'était toujours à la faveur de la nuit qu'il se rapprochait de la maison où il les avait conduits quelque temps auparavant. Le paysage étant à découvert, Joe devait parcourir près d'un kilomètre entre le lieu où il estimait prudent de garer son véhicule et l'habitation. Quand Lisa et Steven étaient chez eux, Joe pouvait rester une ou deux heures à les surveiller sans bouger d'un pouce. Rien de vraiment intéressant ne se passait en général, les jeunes gens occupaient le plus clair de leur temps les yeux rivés à leur ordinateur portable ou à leur téléphone. Pour tout autre que Joe, cette surveillance eût été d'un ennui mortel mais lui s'en divertissait. Il aimait le goût d'interdit de cette activité nocturne qu'il lui arrivait de pratiquer jusqu'à trois fois par semaine. Et puis, bien sûr, il y avait la présence de Lisa qui adoucissait son désœuvrement. Quand il les trouvait absents de la maison, Joe les attendait, il y avait toujours un moment où ils finissaient par rentrer, même tard. Il s'interdisait de toute manière de repartir avant de les avoir vus, fût-ce quelques minutes. Bien qu'il lui fût en général impossible de saisir les enjeux de leurs conversations, il nota qu'ils se disputaient souvent. À plusieurs reprises, il sentit une réelle violence chez Steven et il fut à deux doigts d'intervenir, au risque de mettre en péril toute possibilité ultérieure de les surveiller et donc de continuer à voir Lisa, même de cette façon tristement anonyme.

Le lendemain d'une de ces démonstrations d'intimidation orchestrées par Steven, il les retrouva par hasard dans les allées du Walmart. Steven était maussade, cela se voyait. Il poussait le caddie en bougonnant, ne cessant de dénigrer les produits choisis par Lisa. Joe se rapprocha pour écouter la teneur de leur échange. L'enjeu était de déterminer si telles pâtes bio méritaient ou non leur surcoût de 1,24 dollar par rapport à d'autres pâtes voisines non bio mais malgré tout estampillées sans OGM. Pour une raison incompréhensible, les choses s'envenimèrent et, même sur un sujet en apparence si banal, le couple trouva le moyen de se crêper le chignon. Le ton monta, des mots provocateurs quoique sans grande portée furent échangés. Pour une raison qui le dépassait, Joe se sentit cette fois obligé d'intercéder. Il lâcha son caddie, se rua sur Steven et le prit à la gorge avec énormément de conviction et somme toute assez peu de violence. Joe, qui ne s'était jamais vraiment mesuré à Steven, réalisa qu'il était beaucoup plus grand mais également beaucoup plus costaud que lui. Il tint donc à profiter quelques instants de cette supériorité incontestable. Steven, lui, se retrouva coincé contre une pile de linguine sans désirer autre chose que de se retrouver très vite ailleurs.

– Tu touches un cheveu de cette fille, hurla Joe en désignant Lisa, et je te flingue. Je te bousille, tu entends ?

À la demande de la jeune femme – à qui Steven reprocha par la suite les longues secondes qu'elle avait mises à intervenir –, Joe finit par le lâcher.

– Minable petit bonhomme, lui dit-il en s'éloignant.

En dépit du revers infligé à son amant, Lisa ne put

s'empêcher de sourire en coin. Elle était non seulement satisfaite que l'on ait enfin rabattu son caquet à Steven, elle était aussi flattée à l'idée que quelqu'un ait pu mettre en péril son intégrité physique pour défendre ses intérêts à elle. Elle avait beau être une jeune femme moderne et indépendante, elle perçut d'un assez bon œil cette action chevaleresque, là où un observateur prudent et intègre n'y aurait vu que la conséquence néfaste d'un débordement de testostérone.

Quand Joe retrouva son père, plus tard dans la journée, il ne rata quasiment aucune des cibles de tir. Son père fut le premier à vanter cette habileté et cette assurance inédites. Keith se sentit brusquement honoré d'avoir engendré un tel fils, allant même jusqu'à se féliciter intérieurement de cette transformation soudaine, comme s'il en était personnellement responsable. Ils échangèrent un regard complice et se remirent à bombarder les cibles jusqu'à la tombée du jour.

Dans la nuit, Sandy fut victime d'un second accident vasculaire. La chaleur humide de la journée persistait, accablant tout particulièrement l'étage exposé au sud où se trouvait la suite parentale. Sandy se réveilla d'un bond, assoiffée, son crâne lui lançait d'affreux signaux. Elle courut en vacillant chercher un verre d'eau mais elle s'écroula sur le sol de la salle de bains avant d'être parvenue au lavabo. Les secours, aussitôt prévenus par

Joe, mirent plus de quarante minutes à rejoindre l'habitation isolée des Jenson. Sandy mourut deux heures plus tard, atteinte de ce que le corps médical désigna sous le nom d'« apoplexie foudroyante ».

L'enterrement eut lieu trois jours plus tard suivant le rite luthérien. Ruth insista pour que ses deux petits-enfants soient écartés de la cérémonie, mais Joe estima que c'était une idée absurde et trouva, une fois encore, l'occasion de s'opposer à sa mère. Au temple, il fit un discours poignant où émergeait en filigrane le poids infini de sa culpabilité :

– Depuis deux ans, ce n'était un secret pour personne, Sandy avait changé. Je n'ai jamais su à quel point elle souffrait de son état, et encore moins si cela lui était supportable ou non. Elle était devenue une énigme pour moi et même pour ses enfants. J'ai parfois manqué de patience, je l'avoue. J'ai certainement failli à certains de mes devoirs envers Sandy et je m'en excuse humblement devant elle et aussi devant vous. Maintenant qu'elle repose entre les mains de Dieu, j'aime à croire que les choses seront mille fois plus douces pour elle qu'elles ne le furent ici, sur cette terre.

Conformément à la liturgie protestante, la cérémonie funéraire dura peu de temps. La foule s'égailla rapidement pour se rendre au cimetière municipal où fut pratiquée une crémation sinon expéditive, du moins débarrassée de tout excès de discours. Une centaine de personnes assistaient à la cérémonie. Lesté par son chagrin, ce fut à peine si Joe remarqua la présence de certaines d'entre elles, dont Karen et Peter Wilson, leur fille Lisa et son ancien copain Ross Caubet.

La construction d'un abri de jardin était en cours de finition sur le domaine des Wilson, dans le voisinage immédiat de leur puits défectueux. La veille, alors que le jour peinait à poindre en cette mi-octobre, cinq ouvriers transis de froid étaient descendus de trois pick-up de chantier pour décharger leurs engins de leur fourbi : des fournitures en tous genres – clous, vis, rivets, chevilles, goujons, clavettes – mais aussi deux agrafeuses industrielles, des petits outils de terrassement, un enchevêtrement de tuyaux d'adduction en PVC, du matériel électrique, de nombreux rouleaux de matière isolante ainsi que de longues lattes de bois emballées par paquets de vingt dans du plastique blanc semi-rigide. Il fallut à cette équipe de dix bras vigoureux près de douze heures pour ériger l'abri préfabriqué sur la dalle de béton qu'une équipe de terrassiers avait coulée quelques jours auparavant. Une fois assurée l'étanchéité thermique à l'intérieur de l'abri, installés les équipements électriques, fixés les raccordements de pompage, ils tractèrent une énorme citerne en polyéthylène translucide de trois cent cinquante kilos, qu'ils connectèrent au système de distribution existant avant de la remplir pendant plusieurs heures de vingt mille litres d'eau potable en provenance d'un camion-pompe spécialement affrété pour l'occasion. Ils en étaient maintenant à fixer aux montants la double porte en bois de l'abri.

De la fenêtre de sa cuisine, Karen observait le déroulement des opérations avec une mine contrariée. Elle aurait dû être satisfaite de cette installation qui la sauvait de pas mal de désagréments, dont d'incessants allers-retours entre le Walmart et la maison, mais quelque chose empêchait que ce fût entièrement le cas.

Dans son dos ronronnait le téléviseur de la cuisine où passaient les moments les plus croustillants du troisième et dernier débat présidentiel qui avait eu lieu la veille entre Hillary Clinton et Donald Trump. Karen se leva et appuya sur la touche *Mute* de la télécommande : elle ne voulait rien entendre de ce que les commentateurs avaient à dire de l'événement, rien entendre non plus de l'événement lui-même. Elle qui aurait ordinairement enragé de rater ce genre d'exercice était désormais si dégoûtée de la chose publique qu'au lieu de suivre le débat elle avait préféré se rabattre sur une série inepte rediffusée par la chaîne ABC, un programme saucissonné par tant de messages commerciaux qu'il lui avait été pratiquement impossible d'avoir une idée claire de la trame narrative. Peu importait. Son expérience personnelle avait corrompu sa perception du monde et généralisé sa rancœur qui, de la sphère locale, avait pris un tour national et même universel. Elle était à bout, en colère, elle se sentait ignorée pour ne pas dire trahie par la mécanique démocratique, elle ne supportait plus ces discours biaisés par une inflation d'ambitions partisanes et de dérives narcissiques. Elle avait toujours détesté le candidat républicain mais elle en était aujourd'hui à se demander si elle ne préférait pas le caractère authentiquement haineux de Donald Trump à ce qu'elle percevait de fausse politesse et de fausse empathie dans le personnage d'Hillary Clinton. Au fond, c'était une question de vérité. On avait tellement abusé de sa bonne foi ces derniers temps qu'elle hésitait à déterminer ce qui, d'une sincérité ignoble ou d'un mensonge habile, était le plus acceptable et le moins tordu.

En fin de journée, Lisa rendit une visite impromptue à ses parents. Elle laissa son véhicule dans la cour et, tout le temps qu'elle mit à rejoindre la maison, elle fut sous le choc de l'ampleur de ce chantier dont elle ignorait l'existence. Elle se précipita dans la cuisine où sa mère était occupée à laver des légumes.

– C'est quoi ce bordel, Karen ? s'exclama-t-elle, sans même la saluer.

– On a à nouveau de l'eau, répondit sa mère placidement. C'est chouette, non ?

Lisa observa l'eau qui coulait, limpide, cristalline.

Cela avait commencé huit jours auparavant. Une voiture à la carrosserie rutilante s'était garée en travers du chemin, près de la grange. Deux hommes en étaient sortis et s'étaient présentés à Karen et Peter comme les avocats de la société Global Resources. Les Wilson s'étaient brièvement amusés du fait que les deux types avaient tenté de s'habiller local, sans doute pour mieux se fondre dans le paysage et faciliter leurs échanges avec la population autochtone. Chacun d'eux portait le pseudo-uniforme des ranchers du coin : jean flottant sur chemise à carreaux, épais manteau Carhartt, casquette en laine à larges rabats pour les oreilles, bottes Muck en caoutchouc. Sauf que tout était neuf, si fraîchement sorti de chez Tractor Supply ou son équivalent que Karen s'attendait à voir surgir inopinément une étiquette oubliée.

Les deux hommes avouèrent d'emblée que leur démarche était motivée par leur volonté de faire cesser les rumeurs qui couraient sur la société qu'ils représentaient depuis que Karen avait été l'objet d'une série d'interviews par plusieurs chaînes locales.

– Tout cela est une très mauvaise publicité et ne sert les intérêts de personne, dit de manière péremptoire le premier, un homme très blond, pas plus de trente-cinq ans, pas moins d'un mètre quatre-vingt-cinq.

– Pas plus *vos* intérêts que *nos* intérêts, ajouta l'autre qui était, lui, dégarni et de taille moyenne.

– Nous avons un marché à vous proposer, asséna le blond.

Karen planta violemment entre ses jambes la fourche qu'elle tenait à la main et avec laquelle, avant l'arrivée des deux avocats, elle fourrageait dans une botte de foin pour en nourrir les quatre chevaux de son domaine. Fut-ce la menace de l'instrument lui-même, l'aplomb avec lequel elle le manipulait, le regard sans vie et légèrement inquiétant qu'elle leur lança – peut-être les trois à la fois –, toujours est-il que les deux types renoncèrent au ton plein d'arrogance urbaine qu'ils avaient trouvé bon d'employer jusque-là.

– Vous ne trouvez pas qu'on serait mieux à l'intérieur pour discuter de tout ça ? fit le blond, de manière cauteleuse.

Quelques secondes plus tard, ils étaient assis tous les quatre dans la cuisine, autour d'une table en désordre que Karen ne prit pas la peine de débarrasser.

– Merci de nous recevoir, dit le blond en balayant nonchalamment avec sa paume les nombreuses miettes de pain qui se trouvaient devant lui. Vous verrez que cette conversation ne peut avoir qu'une conclusion très heureuse en ce qui vous concerne.

– D'abord, j'aimerais savoir si vous admettez enfin que vous êtes responsables de la contamination de notre puits, répondit Karen.

– C'est ce que vous voudriez entendre, madame Wilson ?

– Oui, j'avoue que ça me ferait plaisir que vous commenciez par me dire quelque chose comme ça avant de continuer.

Les rôles étaient clairement définis entre les deux hommes. Il y avait le stratège et le technicien : le grand devait emporter le morceau sur le terrain psychologique quand le plus petit détenait la vérité scientifique et légale.

– Personne n'est en mesure de prouver que nous sommes responsables de quoi que ce soit, madame Wilson.

– Vous devez être durs d'oreille ou quelque chose comme ça, dit Karen sur un ton blasé.

– Le méthane par exemple, continua l'homme, imperturbable, mais aussi quantité d'éléments radioactifs se trouvent à l'état naturel dans les sols. Ils y sont présents depuis des millions voire des milliards d'années. Il est donc entièrement plausible…

– Stop ! cria Karen en baissant la tête et en agitant la main devant son visage.

Devant la volonté de son épouse de cesser d'argumenter, Peter se vit dans l'obligation de prendre le relais :

– Si vous pensez n'être responsables de rien, pourquoi êtes-vous ici, alors ?

Les deux avocats étaient rodés à l'art de convaincre et avaient toutes les cartes en main pour le faire. Il y avait les tenants mais aussi les aboutissants. Cinquante mille dollars sur le compte courant. Un abri flambant neuf pour y loger une citerne de vingt mille litres équipée d'un système sophistiqué de filtration à osmose inverse et, par contrat, l'obligation pour Global Resources, quelles que soient les conditions climatiques, de la faire remplir sous deux jours, sur un simple appel des Wilson.

– Et vous dites que vous ne vous sentez pas responsables de ce qui nous arrive ? insista Peter quand il réalisa l'importance de l'offre. Qu'est-ce que vous auriez à nous offrir si vous l'étiez vraiment !

Le blond sourit.

– C'est effectivement une belle proposition, vous avez raison.

– Entre-temps, nous allons faire toutes les analyses possibles, ajouta le dégarni. Nous aussi nous tenons à savoir ce qui s'est passé ici. Croyez-moi, nous ne sommes pas des assassins, madame Wilson.

Karen sourit. Roy Cleese, le responsable santé de l'EPA, avait bien assuré son rôle de courroie de transmission.

– J'imagine que tout cela a un coût, dit-elle, brutalement.

– Vous serez surprise de savoir à quel point il est dérisoire, répliqua le blond.

À l'issue de cette tractation, les Wilson étaient assurés que leurs problèmes d'eau potable allaient être résolus dans moins d'une semaine, tandis que les deux avocats avaient obtenu la garantie que le couple renonçait à diffuser, non seulement dans leur voisinage, mais aussi à la télévision et encore plus dans des salles d'audience, la moindre information relative à la possible contamination de leurs puits par la société Global Resources.

Quand le véhicule des deux hommes eut disparu au loin, Peter regarda sa femme et fut effrayé du vide qu'il lisait dans ses yeux. Elle se tourna, lui sourit de façon vague et lui caressa la joue.

– Cinquante mille dollars ? dit-elle sur un ton joyeux.

– Cinquante mille dollars, répondit-il de manière énigmatique, sans que l'on sût s'il était démoralisé ou satisfait de ce montant.

– Et en plus vingt mille litres d'eau toute propre ? ajouta-t-elle en se forçant à ricaner.

Son mari lui rendit un sourire sans conviction.

Bien qu'il ne restât qu'une légère cicatrice sur le haut de son front pour en témoigner, Karen avait été marquée par son accident et la folie qui en avait entouré les circonstances. Une partie d'elle-même – la part la plus vibrante et aussi la plus fragile – s'était brisée sous le choc. Il y avait eu comme un éclatement de soi, de sa personnalité, de l'image qu'elle avait d'elle-même. C'était un traumatisme à la fois invisible et irréparable, dépassant l'extrême surprise qu'elle avait ressentie à mettre ainsi son existence en péril, qui avait trait à quelque chose de plus fondamental, de plus existentiel chez elle, notamment à sa capacité globale à encaisser, à résister, à se battre. Jamais elle ne pourrait aller au-delà de cette violence contre soi. Que lui restait-il à faire dorénavant hormis renoncer et cesser d'attendre ? Cette résignation était la cause, non le résultat de ce qui venait de se passer avec les deux avocats et du contrat qu'elle avait approuvé. Elle se sentait prête à en accepter toutes les conséquences et donc toutes les humiliations corrélatives.

– Tu dois la fermer si j'ai bien compris ? dit Lisa, ahurie. Ça va être compliqué, non ?

Lisa avait suivi avec un mélange de consternation et de haine grandissantes le récit des événements.

– On appelle ça une « clause de non-divulgation ».

– Vous renoncez à les poursuivre en justice ?

– Pas de procès, pas de télé, pas de commentaires, on se la boucle, on passe à autre chose. C'est pas mal non plus de se la boucler pour une fois et de passer à autre chose. Avec ton père, on s'est dit qu'on allait faire un voyage. San Francisco peut-être, dit Karen avec une fausse envie.

Lisa ne croyait pas à cet enthousiasme artificiel.

– Vous avez signé ?

– Ils sont revenus nous voir avant de procéder au raccordement.

– Je vois.

– Ils ne sont pas idiots.

– OK, donc là tu renonces vraiment, c'est maintenant officiel ?

– Franchement, Lisa, tu ne penses pas que ça fait longtemps que j'ai renoncé ? Regarde-moi, enfin.

– Je ne regarde rien du tout ! s'exclama Lisa, furieuse.

Elle se leva et disparut en faisant claquer la porte de la cuisine.

Deux jours plus tard, Karen reçut la visite de Don Jorgenson. Il était accompagné d'un jeune type à lunettes, coiffé d'un bonnet de laine à l'effigie des Bisons, l'équipe officielle de l'université du Dakota du Nord à Fargo. En le voyant, on avait le sentiment que la caméra qu'il portait fermement accrochée au poing était un prolongement naturel de son bras. Il devait constamment en faire usage. En tout état de cause, on le sentait prêt à appuyer à tout moment sur la touche *Record* de son engin.

– Karen, je te présente Josh Lenhardt.

– C'est un journaliste ? demanda-t-elle, méfiante.

– Je suis documentariste, madame Wilson.

– Et qu'est-ce que vous documentez, monsieur Lenhardt ?

– Je fais un film sur ce qui se passe dans la région, j'interroge les gens sur la façon dont le pétrole a changé leurs vies, ici, dans le Dakota du Nord. J'ai eu vent de la pétition que vous avez fait circuler. Don a eu la gentillesse de me passer la liste des gens que vous avez contactés. J'espère que vous n'y voyez pas d'inconvénient, Karen. Je peux vous appeler Karen, madame Wilson ?

Le jeune homme était plein d'une politesse sucrée, collante, mêlée à une assurance sans limites, qui déplut à Karen.

– Appelez-moi comme vous voulez, jeune homme, mais je ne pense pas que je puisse vous aider, malheureusement.

Don la regarda, ébahi.

– Moi je pense exactement le contraire, dit Josh. J'ai vu les interviews que vous avez accepté de donner aux chaînes locales. Je crois que vous avez encore beaucoup de choses à raconter aux gens.

Karen croisa les bras sous sa poitrine, avec un air teigneux qui décontenança le documentariste.

– Madame Wilson ? insista-t-il, doucement.

Le regard de Don s'égara au loin. Ses yeux se fixèrent sur l'abri et il comprit.

– Ils sont venus, c'est ça ? fit-il en se tournant vers Karen.

– Vous parlez de qui, Don ? demanda Josh.

Les deux autres se regardèrent, ils n'eurent pas besoin de se dire quoi que ce fût pour se comprendre. Le visage de Don se ferma peu à peu, au fur et à mesure que montait en lui une fureur muette. Karen se sentit meurtrie, son vieil ami était sûrement la dernière personne avec qui elle avait envie de se fâcher.

– Oh, Don, s'il te plaît, c'est déjà assez compliqué comme ça.

– Il y a toujours moyen de faire autrement, Karen. Personne n'est jamais prisonnier de personne par sa propre volonté. C'est un sale exemple que tu montres. Comment veux-tu qu'on arrive à agir et à témoigner si tout le monde se laisse acheter ?

– Je sais combien tu fais attention à ce que tu dis et aux mots que tu emploies. Donc c'est bien ce que tu penses, Don, que je me suis fait acheter ?

Mal à l'aise, Don prit sa visière entre le pouce et l'index et remua inutilement sa casquette sur le haut de son crâne.

– Je ne vois pas comment le dire autrement, Karen, désolé.

Elle le fixa mais Don ne voulut pas soutenir son regard. En réaction à cette hostilité, elle abandonna les deux hommes à l'entrée de la grange et se dirigea dare-dare vers la maison. Aussitôt Josh porta à son œil le viseur de sa caméra et commença à enregistrer la scène. Karen entama la montée des marches du perron.

– Ne me juge pas, Don Jorgenson, tu entends ? Ne me juge surtout pas, cria-t-elle sans se retourner, en levant bien haut la main droite et en l'agitant au-dessus de sa tête tout le temps qu'il lui fallut pour atteindre la terrasse.

Elle ouvrit brutalement le vantail grillagé et s'engouffra chez elle. Tous ses chiens se mirent à aboyer à l'unisson quand la porte se fracassa contre son embrasure.

À cet instant, Josh retourna brutalement sa caméra et la pointa sur Don, qui hurla aussitôt :

– Pour l'amour de Dieu, arrêtez de filmer ça s'il vous plaît !

Le soleil était maintenant bas sur l'horizon, les crêtes sombres des masses rocheuses se détachaient sur un ciel poudré, couleur de cendre. Le froid semblait avoir terrassé toute vie et être venu à bout du moindre son. Les êtres comme les choses semblaient figés dans l'attente d'un dénouement et peut-être d'une délivrance.

Joe roulait sur un ruban d'asphalte noir qui prenait régulièrement des accents argentés dans la lumière rasante. Il observait, visage tendu, les bourrasques neigeuses qui s'élevaient dans le ciel en y sculptant des spirales foisonnantes. À côté de lui, en travers du siège passager, reposait sa Remington .22 long rifle dont il continuait à se distraire de temps à autre, sans agressivité ni passion. Depuis près d'un mois que Sandy avait disparu, il avait réorganisé sa vie avec détermination et courage, mais aussi beaucoup de froideur. Il était devenu un être a-sentimental que plus grand-chose ne mettait en colère ou n'émouvait. Ses enfants étaient fréquemment pris en charge par ses parents, Ruth trouvant là une occasion d'absorber le choc du revers politique de son mari qui les avait pour ainsi dire tous deux désacralisés aux yeux de leurs voisins et, de ce fait, éloignés d'à peu près tout le monde. Pour sauver ce qu'il lui restait de dignité, Keith avait abandonné la course à la mairie deux semaines avant l'échéance, son épouse et lui avaient donc tout le temps disponible pour s'occuper de leurs petits-enfants.

Au bout de quelques kilomètres, Joe aborda le parking du Famous Dave's qui, en dépit de l'heure précoce, hébergeait déjà plus d'une quinzaine de véhicules. Au moment où il franchit la porte de l'établissement, il se sentit agressé par une avalanche de sons et d'images. Le volume sonore des treize téléviseurs semblait avoir été poussé au maximum tandis que, sur les écrans, les mêmes images repassaient en boucle, témoignant du fait qu'en ce mardi 8 novembre un grand nombre de citoyens américains étaient mobilisés dans la délicate mission de désigner leur futur chef suprême.

À quelques kilomètres de là, dans la ferme des Wilson, Lisa finissait de se préparer quand son téléphone sonna. C'était Steven, qui réclamait sa présence le soir même à une réunion de son groupe d'action et de réflexion.

– Ce soir ? dit Lisa.

– Évidemment ce soir. C'est essentiel de se préparer à ce qui va se passer. Quoi qu'il se passe, d'ailleurs. On ne peut pas courir le risque d'être pris au dépourvu. C'est Allison qui l'a suggéré et je suis d'accord avec elle là-dessus.

– A-lli-son…, chantonna Lisa.

– Oui, Allison, ne commence pas s'il te plaît.

– On ne pourrait pas plutôt rester chez toi pour une fois ? Se faire des pâtes. Descendre une ou deux bières. Regarder la télé. Connaître enfin le dénouement de tout ce cirque. Être normaux. Ça ne te manque pas de te comporter en mec normal de temps en temps ?

– Oh, bon sang, Lisa, tu es indécrottable. Tu es tellement conformiste que c'en est pathétique.

– C'est bon. Je passe te chercher dans une demi-heure. Tu as intérêt à être prêt, dit-elle avant de raccrocher brutalement.

Combien de temps allait-elle encore pouvoir encaisser cette attitude ? Son sentiment pour Steven s'était à la fois durci et amplifié ces dernières semaines. Elle était devenue en sa présence une petite bille de ressentiment amère, gonflée de fausse nonchalance. La part la plus sombre d'elle-même refusait de laisser tomber et voulait s'opposer à lui, l'affronter, se défendre au fond, même si le prix à payer impliquait de se faire continûment invectiver et parfois traîner dans la boue. La part la plus lumineuse de sa personne aurait à l'inverse voulu se défaire de ce type qu'elle savait nocif, irraisonné, trop désespéré du monde pour y déceler le moindre éclat de lumière, trop narcissique pour ne pas chercher à l'entraîner dans les profondeurs de son désœuvrement et de son cynisme.

Au rez-de-chaussée de la maison, debout devant la baie vitrée, Peter se tenait droit, solide, les jambes très légèrement écartées. Il semblait physiquement et moralement équipé pour affronter le froid, la neige et toutes sortes de tourmentes, qu'elles fussent d'origine météorologique ou domestique. Soudain parvint du salon un bruit cristallin assez remarquable pour que Karen, qui finissait de s'habiller à l'étage, le perçût. Elle sortit en trombe de sa chambre.

– C'était quoi, ça ? cria-t-elle du haut des marches.

– Quoi ?

– Ce bruit !

– Je n'ai rien entendu.

– Oh, Peter, c'est toute l'histoire de ta vie, vraiment. Tu n'as rien entendu, tu es sûr ?

– Je te le dirais, ma chérie.

Peter mentait. Il était assez rusé pour ne pas alimenter les humeurs de son épouse en donnant du crédit aux bizarreries inquiétantes de son quotidien. Il se dirigea vers le salon, où il vérifia que tout était bien en ordre dans l'armoire vitrée abritant les quelques pièces de verrerie de la maison. Quelques minutes plus tard, Karen et Lisa descendaient les marches, l'une à la suite de l'autre. Lisa embrassa son père, puis sa mère.

– Votez bien, dit la jeune femme avec légèreté.

Quand elle disparut derrière la porte, Peter et Karen évitèrent de se regarder.

Au Famous Dave's, Joe fut accueilli par Darlene dont les manières étaient plus empressées qu'à l'ordinaire. Il est vrai qu'il avait récemment couché avec elle. Il s'était jeté dans ses bras comme il se serait jeté sous un train. Il n'y avait aucun désir dans ce geste d'abandon – hormis celui de se flageller et de rendre la disparition de son épouse encore plus sinistre qu'elle ne l'était déjà –, mais cela, Darlene l'ignorait ou ne voulait rien en savoir. Ayant croisé bon nombre de types nuisibles, elle-même avait eu son lot d'aventures minables et de coups fourrés du destin. Elle estimait que Joe était un bon gars et qu'elle aussi, d'une certaine façon, avait enfin droit à sa part du gâteau.

Joe s'assit au fond du restaurant. Quelques instants plus tard, quand Darlene déposa devant lui une pinte d'Iron Horse Pale non sans effleurer de ses doigts dansants le dos de sa main, il ne prit pas la peine de lui adresser un regard et encore moins de répondre au sourire qu'elle lui adressait. La serveuse repartit vexée.

Joe, pour conjurer le sentiment d'écœurement qu'il

ressentait au souvenir des moments intimes passés avec elle, accrocha son regard sur l'extérieur. La neige avait pris de l'ampleur. Une couche épaisse d'au moins quinze centimètres absorbait véhicules, habitations et paysages dans une même gangue immaculée. La météo locale avait mal anticipé la puissance de la tempête, le restaurant hébergeait de plus en plus de conducteurs déboussolés qui semblaient tous avoir été pris au dépourvu.

Peter Wilson connaissait bien les dangers de ces premières neiges, lourdes et poisseuses. Depuis un mois, il avait préparé les pneus de tous les véhicules de l'exploitation à l'imminence de ces intempéries. Il roulait prudemment, à moitié aveuglé par un brouillard de plus en plus tenace. La neige s'abattait par paquets contre le pare-brise. Les essuie-glaces, pourtant à leur puissance maximale, arrivaient à peine à l'en débarrasser. La route n'existait plus, ni les bas-côtés, ni les arbres, ni le ciel, tout semblait uni dans une même lassitude blanche et compacte. Il aurait certainement été plus prudent qu'ils rebroussent chemin, ils n'étaient qu'à quatre kilomètres de chez eux alors qu'il leur en restait encore dix à parcourir avant d'atteindre Main Street et, de là, la mairie où ils iraient déposer leur bulletin de vote. Mais quand Peter suggéra cette option, Karen le regarda avec un mélange d'agacement et d'étonnement.

– On a toujours voté, je ne vois pas pourquoi ça changerait.

Peter, les yeux fixés sur le blanc à l'extérieur, ne dit plus rien. Plus que toute remarque qu'il aurait proférée dans un sens ou dans l'autre, ce fut le mutisme de son mari qui déconcerta son épouse.

– Quoi ? fit-elle.

– Qu'est-ce que j'ai dit ?

– Rien, justement, c'est donc que tu as quelque chose à me reprocher.

Peter s'amusa du côté bancal de la logique.

– Par pitié, Karen, ne recommence pas.

– Si, je recommencerai encore et encore. Je veux que tu me comprennes. Je veux que toi, tu comprennes pourquoi j'en suis arrivée là. Les autres, je m'en fous, mais toi, c'est important.

– Je te comprends, ma chérie. Crois-moi.

Cette phrase, censée la calmer, eut l'effet exactement inverse.

– Je ne voterai pas pour ce type parce que je suis d'accord avec ses idées, s'énerva-t-elle, mais uniquement parce que je peux le faire. Est-ce que tu comprends au moins ça, Peter ?

Le recours au prénom de son mari à la place de toute autre appellation affectueuse était un bon critère d'évaluation de l'intensité de son aigreur.

– Hum, hum, ânonna-t-il.

– Parce que ce foutu pays de cinglés m'en donne le droit, insista-t-elle.

Le silence monta, tout aussi glacial et tranchant que l'atmosphère à l'extérieur. Puis, sans tourner la tête :

– De toute façon, il ne sera jamais élu.

Paradoxalement, ce dernier argument sembla la rasséréner.

– Exactement, déclara Peter avec détermination.

– Tu crois que je serais assez cinglée pour prendre ce risque autrement ?

Le visage de Peter s'éclaira d'un sourire empli de compassion et d'affection. En retour, Karen haussa les épaules et fit une mimique qui aurait pu passer pour un sourire si elle n'avait pas été aussi désabusée.

La voiture de Lisa, contrairement à celle de ses parents, était sous-équipée pour rouler dans plus de trois centimètres de neige. Engagé sur la nationale en périphérie de la ville, son véhicule patinait et plus il patinait, plus Steven montrait des signes d'une terreur inavouable. Soudain, de l'obscurité surgit la lueur d'un néon qui, dans l'extrême précarité des conditions de circulation, se présentait comme un cadeau du ciel, même pour ces deux jeunes gens qui semblaient ne pas croire en grand-chose. Pour la première fois depuis longtemps, ils tombèrent immédiatement d'accord sur la mesure à prendre.

– Il vaudrait mieux se garer là en attendant, non ? dit Lisa.

– Je vote pour, répondit Steven, soulagé, en levant la main.

C'est ainsi qu'ils se retrouvèrent au comptoir du Famous Dave's, devant quelques-uns des treize téléviseurs qui diffusaient en boucle l'information du jour sous toutes ses formes audiovisuelles – commentaires en live d'un couple de journalistes, micros-trottoirs à la sortie des bureaux de vote, panels d'experts, rediffusions d'interviews des deux candidats…

Au fond de la salle, Joe les avait vus entrer dans l'établissement. Darlene d'un côté, Lisa de l'autre : il se sentait victime d'une chausse-trape émotionnelle qui le décida à être patient et, en attendant de pouvoir s'échapper, à observer les agissements des uns et des autres.

Lisa et Steven commandèrent ce qu'il y avait de moins cher et de moins biologiquement corrompu – deux *Caesar's salads* sans poulet à 7,49 dollars –, puis la jeune femme s'absorba dans la contemplation d'un des écrans au-dessus de sa tête. Elle avait voté le matin même de très bonne heure, contre l'avis de Steven qui trouvait que ce geste définissait en soi une collusion honteuse avec un système démocratique en faillite. Elle avait hésité à voter blanc mais, au dernier moment, elle avait appuyé sur la touche « Hillary Rodham Clinton » de la machine électronique. Elle avait beaucoup de choses à reprocher à la candidate démocrate et le fait qu'elle fût une femme n'aidait en rien à adoucir l'opinion qu'elle avait d'elle, au contraire, cela réclamait qu'elle fût, selon elle, encore plus irréprochable. Ce revirement de dernière minute avait quelque chose à voir avec le besoin de se sentir sinon utile, du moins au minimum engagée, de cesser d'endosser une neutralité facile et de bon ton et peut-être aussi, sur un plan plus personnel, de se déterminer très ostensiblement contre Steven, à qui elle ne s'était pas privée, à la sortie de l'isoloir, de téléphoner pour lui faire part de sa décision.

Steven se sentit rapidement pris au piège dans cet endroit qui, par ce qu'il donnait à manger et à voir, représentait à ses yeux l'épitomé de qu'il y avait de plus abject dans le système de consommation américain : la malbouffe et l'indécence de la télévision.

– On se casse d'ici, annonça-t-il une fois son assiette avalée, en posant un billet de vingt dollars sur le comptoir, sans même avoir réclamé l'addition.

– Mmm, grogna Lisa, les yeux rivés aux images de la file d'attente impressionnante qui s'était formée devant un bureau de vote d'une municipalité du Nebraska.

Steven la prit par le bras.

– Viens.

– Quoi ?

– Viens, je te dis. On se casse.

Elle se libéra hargneusement de son étreinte.

– Arrête, bon sang. Tu as vu la neige ? On est coincés. On a dit qu'on attendait.

– Je m'en fous, on essaie.

Lisa resta imperturbable. Elle tourna calmement la tête vers le bar et ses yeux se reportèrent sur le téléviseur. Steven fut horripilé par cette attitude nonchalante, véritable défi à son autorité.

– Lisa, tu vas m'écouter, bordel ? hurla-t-il sans se soucier de ses voisins.

Une dizaine de têtes se tournèrent, l'air exaspéré pour la plupart. Lisa sursauta mais se força à rester sereine. Au fond du restaurant, Joe était sur le qui-vive, prêt à se lever à tout instant. Alors, quand à l'issue d'un débat intérieur compliqué où entraient en jeu des notions liées à son ego masculin, à sa colère comme à son insatisfaction chroniques, à sa honte d'être montré du doigt dans un endroit aussi pathétique par des gens qu'il méprisait, Steven agrippa une nouvelle fois le bras de Lisa, beaucoup plus violemment cette fois, avec la claire intention de la traîner contre son gré hors du restaurant, par la violence si besoin, quand il força effectivement Lisa à avancer jusqu'à l'entrée du Famous Dave's en lui empoignant l'épaule et en se collant à elle, le sang de Joe ne fit qu'un tour. Ouvrant la porte, Steven poussa Lisa vers l'extérieur avec une telle force qu'elle faillit déraper sur une couche de neige fraîche. La jeune femme se rétablit de justesse et se précipita vers sa voiture. Joe se retrouva lui-même à l'extérieur après avoir couru comme un fou à travers les tables du restaurant – au risque de perdre sa réputation aux yeux de pas mal de clients comme de Darlene.

Ils se tenaient loin devant lui. D'après ce qu'il pouvait en voir, Steven avait rattrapé Lisa et la tenait par les poignets. Des hurlements s'échappaient de leurs lèvres mais l'acoustique si singulière de ces paysages enneigés les étouffait et il était impossible pour Joe d'en saisir le sens à cette distance. Tout ce qu'il perçut, ce fut la violence de la gifle que Lisa reçut. Une idée folle lui traversa l'esprit. Il se rua sur son véhicule, et s'empara de sa Remington posée sur le siège passager. Il s'avançait vers le couple, résolu à quelque chose qu'il ne savait pas encore identifier, quand il s'arrêta net, ahuri, et baissa la tête : le sol sous ses pieds s'était mis à trembler. Immédiatement, un grondement sombre s'éleva, de plus en plus fort, de plus en plus rauque et ténébreux, comme un monstre irascible que l'on aurait dérangé dans son sommeil. Le sol, les voitures, les arbres, tout vibrait, la neige tombait par paquets sur le sol, se lézardait sur les capots des voitures et sur les toits des bâtiments. Autour d'eux, tout semblait vouloir s'écrouler avec une fatalité déconcertante. Les jambes de Joe avaient cessé de le porter. Il était là, inerte, pantelant, absorbé par l'étrangeté des choses. Au loin, Lisa et Steven étaient eux aussi statufiés. Le bruit de cauchemar se poursuivit encore quelques secondes, avant que l'on perçoive un son plus aigu, un cri violent et sauvage, comme si la nature elle-même poussait un hurlement de rage. Soudain, le sol se fissura à quelques mètres de Joe, découvrant une faille infime qui semblait plonger jusque dans les entrailles de la terre.

En ville, la centaine de gens qui attendaient de pouvoir voter s'étaient figés eux aussi. Dès les premières secousses, Karen s'était accrochée au bras de Peter qui, lui, n'avait pas bougé d'un poil et faisait comme une masse indestructible, insensible à tout excepté à la sécurité des siens. Autour d'eux, les arbres s'étaient déplumés, la neige accumulée sur leurs branches s'était écroulée d'un coup sur quelques futurs votants, certains tentaient encore de s'en dépêtrer en agitant tête, bras et jambes, cela aurait pu être comique dans d'autres circonstances mais là, non, personne n'avait vraiment envie de se moquer ou de rire de son prochain. Dans le feu de l'action, quelqu'un de plus croyant que la moyenne avait invoqué la colère du Tout-Puissant tandis que son voisin, encore plus paranoïaque, prophétisait tout bas l'imminence de la fin du monde et que d'autres, plus pragmatiques, incriminaient les agissements des compagnies pétrolières. Mais la foule, dans sa grande majorité, se taisait, paralysée par la stupeur ou l'incompréhension. Et puis, parce que l'on finit par s'habituer à tout, même aux événements les plus apocalyptiques, les gens reprirent leurs esprits, ils se remirent à discuter entre eux, à parler au passé de cette secousse sismique, à attendre à nouveau que vienne leur tour d'entrer dans l'isoloir. Karen, elle, ne parvenait pas à se débarrasser du sentiment d'extrême inconfort qui la tiraillait. Elle ne voyait pas comment elle allait pouvoir reprendre sa place dans la queue, faire comme si rien n'avait eu lieu, ignorer ce signe – oui, c'était bien un signe – que quelque chose ou quelqu'un venait de leur envoyer à tous et en particulier à elle, même si elle semblait la seule en cet instant à s'en soucier réellement. Alors, elle se tourna vers Peter, s'accrocha à son bras et lui dit doucement :

– Je préférerais qu'on parte, si ça ne te dérange pas.

Il accepta. Bras dessus, bras dessous, ils rejoignirent leur véhicule sans rien se dire de plus.

Sur le parking du Famous Dave's, un coup de carabine brisa brutalement le silence étouffé qui régnait depuis que les secousses avaient cessé. Quelques cris d'effroi retentirent parmi les personnes qui sortaient précipitamment du restaurant et s'efforçaient de rejoindre leurs véhicules. Joe venait de tirer en l'air, sans doute pour signaler sa présence à Steven et l'informer du fait qu'il était armé, aussi parce qu'il estimait que l'image qu'il renverrait ainsi à Lisa serait en mesure non pas de l'impressionner ou de la séduire, mais de lui faire comprendre que certaines choses le concernant avaient changé, que la nature et l'intensité de ce qu'il était prêt à encaisser avaient nettement évolué. Lisa, tournant la tête vers lui, fut à peine surprise de le découvrir. Guidée par son instinct, elle s'éloigna de Steven pour le rejoindre. Le jeune homme ne fit rien pour l'empêcher de partir. Joe empoigna fermement dans sa main gauche son arme encore fumante et ouvrit de l'autre la portière de sa voiture côté passager. Lisa se glissa sans un mot à l'intérieur de la Jeep. Joe y monta à son tour, mit le contact et le véhicule entama une marche arrière. Lisa regarda en direction de Steven, mais il avait déjà disparu. Elle eut la sensation étrange qu'elle venait de s'extirper d'un mauvais rêve et que cet homme, telle une construction habile et pernicieuse de son imagination, n'avait en réalité jamais fait partie de sa vie ni peut-être même jamais existé.

La voiture s'engagea sur la nationale où des sableuses et des déneigeuses étaient à l'œuvre. À travers le pare-brise, Lisa et Joe observaient en silence les derniers soubresauts des bourrasques. À la manière de ces boules de verre que l'on agite et qui, une fois reposées, laissent voir le décor qu'elles abritent, le paysage alentour se découvrit peu à peu : ample, paisible, velouté. Les flammes des torchères de gaz, un mélange d'or et de bleu, constituaient les seuls points colorés de cet environnement fait de pleins et de déliés, où tout se confondait dans une même pureté cotonneuse. Les puits, d'ordinaire si sombres, s'élevaient, blancs et poudrés, évanescents aussi, comme si le ciel les avait engloutis. Lisa vit le signe que la nature l'avait provisoirement emporté sur l'industrie, quand Joe pensa exactement l'inverse : la nature et l'industrie se rejoignaient avec la même force et le même élan.

– Depuis que tu m'as raconté pour Matt, c'est comme si j'avais fait la paix avec lui, dit soudain la jeune femme.

Joe ne sut pas quoi répondre. Cet aveu le fit penser à Sandy, avec qui il n'avait pas encore réussi à faire la paix et dont l'image continuait à le hanter. Il réalisa qu'il avait encore beaucoup d'étapes à franchir et d'obstacles à surmonter avant qu'elle ne lui apparaisse de manière aussi sereine.

Il appuya sur une touche du tableau de bord et la voix cassée de Joni Mitchell monta, triste et envoûtante :

Rows and flows of angel hair
And ice cream castles in the air
And feather canyons everywhere
I've looked at clouds that way
But now they only block the sun
They rain and snow on everyone

So many things I would have done
But clouds got in my way…*

Lisa regarda Joe. Elle nota le sillon argenté d'une larme sur sa joue.

– Tu viendras me voir ? demanda-t-elle.

– Où ? fit-il.

– À Chicago, je crois que je vais repartir à Chicago.

Joe parut comme apaisé par cette réponse.

– Bien sûr que je viendrai te voir.

Ils se regardèrent longuement en se souriant. Ils n'eurent ensuite plus grand-chose à se dire. Sans doute venaient-ils de régler quelque chose qui ne pouvait l'être que par un silence de connivence. Ils fixèrent à nouveau l'horizon. Jamais ce paysage, qui était pourtant celui de leur enfance, ne leur était apparu, à l'un et à l'autre, aussi lumineux et autant empli d'une douce espérance.

---

* « Dans le ciel, des flots de cheveux d'ange / Des châteaux de crème glacée / Des canyons de plumes, partout / C'est ainsi que je voyais les nuages / À présent ils se contentent d'obstruer le soleil / Ils font pleuvoir et neiger sur le monde / Il y a tant de choses que j'aurais voulu faire / Mais des nuages se sont mis en travers de ma route… »

Remerciements

Pour l'aide précieuse qu'ils m'ont apportée, je tiens à remercier Philippe Bernard, Vincent Brun, Karen Erickstad, Wayne Fisher, Marie Hoff, Frank Leppell, Wanda Leppell, Ruth Molm, Donald Nelson, Jay Reinke et Charlotte Vignon.

Je dois aussi exprimer ma vive reconnaissance à toute l'équipe d'Albin Michel, à commencer par Lina Pinto, mon amie et éditrice, pour son soutien indéfectible.

DU MÊME AUTEUR

Aux Éditions Albin Michel

LE BONHEUR NATIONAL BRUT, 2014.

TOUT CE DONT ON RÊVAIT, 2017.

Aux Éditions Léo Scheer

LA MÉLANCOLIE DES LOUPS, 2010.

Composition : IGS-CP
Impression : CPI Bussière en juin 2018
Éditions Albin Michel
22, rue Huyghens, 75014 Paris
www.albin-michel.fr
ISBN : 978-2-226-43735-8
N° d'édition : 23165/01 – N° d'impression : 2036701
Dépôt légal : août 2018
Imprimé en France